魔豆

琉璃仙子

04 完

香草——著

琉璃仙子 04 完

目錄

宋仁書
二十歲，花月國丞相。
文雅聰穎，但生活上有
些小迷糊，須人照料。
白銀
十七歲白家莊少主。
雖一副吊兒郎當的模樣，
卻意外地可靠。
琉璃
芳齡十五的俏皮少女。
個性開朗活潑、聰明細
心；身分是一團謎。

左煒天
二十四歲，左將軍。
豪邁且不拘小節，一身
陽剛氣息。
祐正風
二十四歲，右將軍。
風度翩翩的儒將，溫和
穩重。
姚詩雅
芳齡十六。
下任神子之一。
文雅婉約，讓人很想
呵護。
葉天維
二十三歲。
性情冰冷，卻獨對詩雅
非常溫柔。
琉璃仙子
人物介紹

楔子

這一年對花月國來說，註定是不平穩的一年。

林門與佟氏一族餘孽勾結的消息，在白家莊與朝廷的掌控下，像長了翅膀般，暗暗在各武林世家散布開來。

雖然依照歷代規矩，作爲神使的宋仁書三人，在神子正式登基前沒有調動國家力量的權力，更何況姚詩雅現在還只是個神力不全的半吊子，根本連「神子」的身分都尚未穩固。

然而林門與佟氏勾結的事，已對花月國構成很大的危機。因此三人商量後，除了把佟氏與林門的事情上報朝廷外，更送上了左右將軍用來調動軍隊的虎符！

紫霞仙子雖然疏於朝政，看起來很不靠譜，可是她卻很有識人之明。所有花月國的核心官員全都是精英中的精英，因此在這位神子的統治下，花月國不但沒有走下坡，反而蒸蒸日上。

宋仁書他們不能出手，但他們卻相信留在碧華殿的一眾同僚必定會好好處理這事情。而朝廷也沒有讓他們失望，很快便派人聯絡武林之首的白家莊，並達成了一連串協議。

江湖的存在本就爲朝廷所忌。對官府來說，白道也好，黑道也罷，江湖中的爭奪最好是兩敗俱傷，這才最順朝廷的心意。

也因此，朝廷一向不插手江湖的爭奪。正所謂江湖事江湖了，這也是門派紛爭中即使出現大量死傷，官府仍睜一隻眼、閉一隻眼的緣故。

此次是花月國有史以來，朝廷與武林首次聯手！

朝廷與白家莊的情報渠道遍布國內，以驚人的速度收集一切相關資訊。隨著一條條消息的傳遞，很快便掌握了林門與佟氏狼狽爲奸的確實證據。

事情涉及人人痛恨的佟氏一族，若牽涉其中，絕對是滅門之禍。一些與林門有往來的家族，在收到消息後，皆不約而同地開始疏遠林門，以免出事時受到牽連。

隨即，大量暗樁被安插於林門的產業裡，也許某個店鋪的小二、某個掌櫃的小妾便是朝廷的人。很快地，在林門不知情的狀況下，整個門派連同旗下產業已全在朝廷的監視之下。

林門當家急病過世得太突然，再加上少主林子揚是個沒有實力的草包，根本管不住那些野心勃勃的下屬。結果一個碩大的武林門派很快便陷入內亂。要是沒有佟氏的支持，只怕這位失去父親庇護的少當家，瞬間就會被那些老狐狸啃得連骨頭也不剩。

林子揚身爲新上任的林門之主，正焦頭爛額地忙著固權，眼前的事情已霸佔了他全部的注意力，根本無暇再顧及其他，自然察覺不到朝廷的布置。

再加上爲免打草驚蛇，朝廷一連串動作非常隱密，所有知情的門派全都經過篩選，是百分之百信得過的名門正派。當事情已在武林中各大門派傳開時，當事人的林門卻依舊被蒙在鼓裡。

此刻，白天凌手中正拿著林門與佟氏一族的最新情報，同樣身處議事廳的，還有一眾門派的掌門。

基本上除了林門，在江湖上稍有地位的門派都派了代表到場。

「林門與佟氏餘孽勾結一事罪證確鑿，實在是武林之恥。事件涉及佟氏一族，這已不止是武林的事情，甚至還事關天下蒼生的安危，我們絕不能袖手旁觀！」白天凌一身正氣，不自覺散發出來的凜然氣息，讓一眾在場武林人士不由得感歎武林盟主實在寶刀未老，一身氣勢更勝年輕時。

也許武林門派之間多少有著比拚與不和，但面對大是大非的問題時，無論哪個門派都摒除了自身的利益，願意爲國家的安危做出貢獻。更何況在場武林人士中，大部分在白家壽宴時受過姚詩雅的恩惠，於情於理無法袖手旁觀。

「我與朝廷商議過，武林的毒瘤自然應該留給我們武林來清除。林門名下的產業已全被朝廷控制，這段期間朝廷會以穩固政權、保護人民免受牽連爲主。我們這邊不用顧忌其他事情，只要全力殲滅林門便可。神子不久便會來到白家莊，進攻的事情我們等神子來到以後再做商議。在此之前請各位約束門下，別讓林門與佟氏收到任何風聲。」

「神子要親自前往前線？」

白天凌頷首：「神子有著神力的庇護，不畏懼佟氏蠱毒。根據情報，蠱獸已逃出封印，也只有神子能夠對付牠。何況守護花月國，是神子最重要的使命，她責無旁貸。」

想到傳說中蠱獸的可怕，眾人皆不寒而慄。雖然蠱獸多年來被封印的神力不斷削弱，但誰知道牠現在還保留了多少實力？

聽白天凌說得有理，眾人也就不再多說什麼。神子與蠱獸是天生的宿敵，他們這些凡人湊什麼熱鬧呢？

見眾人露出沮喪的神情，白天凌笑道：「我們又不是幫不上忙，露出這種小兒女姿態做什麼？這些年天下太平，佟氏也只敢躲在暗處做些小動作。花月國已是民心所向，佟氏更是大勢已去，他們只是不願面對現實、作著奪回王權美夢的可憐蟲罷了。我們要做的便是壓制林門的力量，爲神子等人免除後顧之憂！」

眾人聞言後露出了堅定的神情，沒有人想回到佟氏統治的時期，水能載舟亦能覆舟，善待人民的花月國才是民心所向！

第一章　白家聚首

重臨舊地，姚詩雅只覺得恍如隔世。

那時候，琉璃未被人指證為凶手，姚家風光依舊……

想不到短短大半年的時光，一切都變了樣。

自從張家巨變後，張雨陽便像變了個人似地，誰也猜不出他心裡到底在想什麼，渾身透出拒絕的氣息。總是沉默不語個大半天，讓神子等人擔憂不已。

估計著朝廷與武林方面的布置也需要時間，神子等人並沒有立即告辭，而是陪同張雨陽再度回到中陰山。

由於張成身故，身爲獨子的張雨陽要守孝三年，他與洛艾的婚事自然延期了。

雖說自從國家由神子統治以後，女性的地位直線上升，很多對女子的約束，諸如纏足之類的習俗已經廢除。女性也不用像以前般剛及笄便要談婚論嫁，現在二十多歲才出嫁的女子比比皆是。

即使如此，女子的青春還是可貴的。而且洛艾雖然長得臉嫩，但其實年紀比張雨陽還要年長一些，青年實在不確定她是否願意等自己三年。

然而孝道爲重，張雨陽雖然覺得難以啓齒，仍是向洛艾提出要把婚事延後。無論洛艾願意等待，還是要取消婚事，張雨陽都會尊重她的決定。

當洛艾聽到張成被殺、張家一夕被毀時，這位外表嬌小可人、實際上卻是暴躁性子的靈族族長，立即怒不可遏地破口大罵。氣勢之霸氣、用詞之粗鄙，讓神子等人直呼大開眼界！

發洩過後，洛艾以怒其不爭的語調數落道：「小陽子，你現在這副一蹶不振的鬼樣子做給誰看？我知道你難過，可是如果你不振作，也只會讓親者痛、仇者快而已。」

張雨陽沉默了半晌，隨即苦笑道：「我即使振作起來又有何用？父親的遺言是不許我找凶手報仇，但殺父之仇不共戴天，即使我明知道父親罪有應得，我還是……」

說到這裡，張雨陽便垂首不再說話，一臉黯然。

洛艾快要被張雨陽氣死了，張口便想開罵。但顧及青年剛剛失去至親的心情，女子硬是壓下心裡的火氣，好一會兒才續道：「張雨陽，你這樣垂頭喪氣像什麼樣子？難道你連面對凶手的勇氣也沒有嗎？」

張雨陽哀莫大於心死地嘆息：「找到凶手又怎樣？我已經答允了父親，不能爲他報仇了。」

「不能報仇，但你就不想見一見姚樂雅嗎？不想把你父親當年的難處告訴她，讓她知道張叔叔並不是見錢眼開之人？不能報仇，就不能將你的恨意、悲傷告訴她嗎？不能報仇，就不能代你的父親向人家說聲『對不起』，就不能阻止姚樂雅繼續犯錯嗎？」

連珠炮似地把對方搶白一番，洛芠這才停頓下來喘口氣，隨即苦口婆心地說道：「雖然不能報仇，但你能夠做的事情可多了，哪還有時間繼續消沉下去？盡快解決事情才是正路，我……」說到這裡，洛芠的氣勢突然弱了下來，面露嬌羞地小聲說道：「我們三年後還要成親的，你可別把事情拖得太久。」

張雨陽聞言，一雙彷若死灰的眸子逐漸亮了起來，整個人再度煥發出生氣，再也沒有先前那行屍走肉的樣子。

激動之下，張雨陽顧不得琉璃等人在旁，握住洛芠的雙手用力一拉，把女子擁在懷裡，感激道：「阿芠，妳是如此完美，我張雨陽何德何能，能夠獲得妳的青睞？雖然阿爹早逝，我們無法承歡膝下，但我想他一定會很喜歡妳這個兒媳婦的。謝謝妳願意等我三年，我一定不會辜負妳！」

張雨陽本就有著一雙會說話的眼眸，被青年那充滿柔情的眸子注視著，洛芠的臉龐不由自主地紅了起來，可嘴巴卻仍是惡狠狠地說道：「你敢辜負我的話，我便殺了你！」

雖然洛芠說得凶狠，但誰也看得出她是刀子嘴，豆腐心。

對於張雨陽來說，張成的死固然是個很大的打擊，但其實當年他父親夥同姚老夫人所做的事情，對這名本性正直純良的青年來說，影響卻是更大。張成死前要求張雨陽不能報仇，更是讓陷在傷痛與仇恨中的青年瞬間失去了方向，不知道該怎樣做，才能發洩失去親人的悲痛。

而洛芠的話，卻是指明了一條有別於復仇的道路，讓失去方向的他找到了目標，徬徨的心也有了寄託。

「詩雅，我想與你們同行。如果殺死父親的眞是姚樂雅姑娘，我希望能夠代父親向她說聲『對不起』，也想要阻止她繼續作惡。就讓這段仇恨在我們這一代結束吧！」

看到張雨陽總算重新振作起來，眾人自然欣喜非常，然而青年的要求卻讓他們感到爲難。只因張雨陽雖然略懂拳腳功夫，可是在葉天維這些武林高手眼中，他的實力卻比普通人好不了多少。帶著張雨陽隨行，對神子一行人來說，無疑是多了一個累贅。

見姚詩雅一臉爲難、沒有答話，張雨陽苦笑道：「也對……是我提出的要求過分了，請把剛剛的話忘了吧！」

洛芠見狀，上前一步、拍著心口道：「你們不就是怕小陽子會成爲累贅嘛？那我跟著你們一起去好了，他的安全由我負責！」

有了洛芠這個玩毒的大行家同行，那張雨陽的安全便有了保障，行動的勝算也會大增，神子等人這才答允下來。

決定了張雨陽的去向後，宋仁書轉向一旁的琉璃：「琉璃姑娘，妳……還是要跟著我們嗎？」

說這番話的時候，神子的眼神赤裸裸地表達著「我們是去打仗啊，妳這個可疑的外人就不要跟過來湊熱鬧了吧！」的無奈。

然而琉璃是這麼好打發的嗎？

當然不！

更何況相較於初遇時少女那站不住腳的理由，現在的琉璃可謂理直氣壯得多了：「我自然是跟著你們一起去了。葉師弟一定不會放心詩雅姊姊妳的，必定會隨行保護。這次林門之行諸多凶險，身爲師姊，我當然要跟著來幫忙吧！」

說罷，琉璃眼角餘光無意中看到了白銀在聽到自己那番話後，看著葉天維那一臉羡慕的樣子，便笑著補充：「另外我也不放心小白，離開白家莊時，我可是答應過白莊主要好好照顧他的。」

「喂喂！小琉璃，妳說反了吧？明明就是父親交代我要好好照顧妳。」白銀反駁道，然而少年止不住揚起來的嘴角，卻出賣了他此刻的好心情。

此時，一直被眾人忽略的洛明，倏地說道：「我也要去！」

洛芝一巴掌往少年頭顱拍下去，罵：「小崽子，你又在發什麼神經了!?」

洛明摀住被打的頭，一臉叛逆地說道：「我就是要跟著去！我、我不放心琉璃姊姊的安全，我要保護她！」

聽到洛明這番話，再看到少年通紅的臉，眾人哪還看不出他對琉璃的心思？其中左煒天的表情最明顯，只見他似笑非笑地看了看洛明，再看了看琉璃，甚至還一臉促狹地朝白銀咧嘴一笑，彷彿在說：「看！情敵終於忍不住出手了！」

可惜被他注視的三人中，除了洛明這孩子害羞又倔強的神情比較有趣外，無論是琉璃還是白銀，都神色如常，大大方方地接受眾人的注目。

身為洛明的親姊，洛芝早就察覺到自家弟弟對琉璃的小心思。想不到白銀的出現不但沒有讓洛明知難而退，還激發了少年的鬥志。

同樣身為女性，洛芝自然看出琉璃對白銀的態度非比尋常，實在覺得眼前一臉倔強的弟弟可憐又可悲，深知他的初戀只怕要無疾而終了。

一般而言，遇上這種狀況，大多數人的處理方法都是會拒絕洛明的要求，好讓他與琉璃逐漸疏遠。畢竟洛明對琉璃的感情也算不上是多深厚的愛意，只是一些朦朧的好感罷了。

偏偏洛芝這個女漢子最看不起逃避這種消極的態度，一向認爲正視問題才是最好的解決辦法。這一點，從少女怒罵張雨陽一事中已可看出。因此，即使明知道洛明對上白銀的勝算微乎其微，但洛芝還是允許了他的同行。

見洛芝答允下來，姚詩雅等人並沒有對此多說什麼。畢竟洛明不同於張雨陽，這孩子是靈族族長的候選人，實力必定不弱。單是他與白銀相遇時便讓對方吃了點暗虧，即可看出少年的戰鬥力高低，尤其靈族的功法有著獨特性，讓他隨行也能增加一分勝算。

在張成遺體下葬的同時，朝廷與武林各門派已完成各種部署。即使林門與佟氏一族把事情鬧得再大，也能保證把影響控制在最小範圍內，不會動搖到國家的根基。

「佟氏一族」這四個字觸及所有人的底線，佟氏的名聲可說在花月國已經到達臭不可聞的地步，即使是野心再大的人，面對佟氏的招徠，也要掂量一下。

不單止花月國的國民，就連花月國的敵人鬼族，同樣也對佟氏痛恨萬分。與佟氏合作，等同於與全世界爲敵！

也正因爲佟氏如此不得民心，即使他們藏於暗處醞釀多年、即使佟氏餘孽的實力一點兒也不弱，但就是無法成氣候！

他們可以利用蠱術控制中蠱的人，可以使計離間削弱朝廷與武林的力量，可是卻無法讓人眞心追隨。

雖然如此，佟氏餘孽終究是個禍害。正因爲當年沒有斬草除根，往後才有那麼多人被佟氏所害。爲免再出現新的受害者，也爲了慰藉死者在天之靈，絕不能任由那王公子繼續張狂下去！

懷著消滅佟氏的決心，神子一行人回到位於沐平鎭的白家莊。

重臨舊地，姚詩雅只覺得恍如隔世。記得初次來到白家莊時，正值白莊主壽辰，當時她還不懂得使用神力，並且事事依賴著別人。

那時候，琉璃未被人指證爲凶手，姚家風光依舊，張家也沒有被滅門……

想不到短短大半年的時光，一切都變了樣。

再次踏足沐平鎮，感覺又與先前大大不同。不同於白莊主舉辦壽宴時的熱鬧，沐平鎮一片祥和寧靜。白家莊佔據了一整座山頭，神子等人在前往山莊的路途中感受著山林的清幽，與上一次遇到賓客如雲的場面有著強烈的對比。

此刻，在武林中稍有名望的人皆以不同路線、不驚動旁人的方式暗地裡集結於白家莊。山莊表面上看來雖然一如往日般平靜，但其實熱鬧程度相較於壽宴當時不遑多讓。

姚詩雅到達白家莊後，用著晚輩的禮節與一眾武林前輩見面，並沒有因自身的身分而驕矜狂妄，或是對門派指手畫腳。反而不驕不躁地表示，對於進攻林門一事，願意聽從白莊主的安排。

白銀身爲白家莊少主，自然不能與琉璃他們這些客人待在一起。面對滿場子的江湖豪傑，少年只得收起一身吊兒郎當的痞氣，拿出少莊主應有的氣度來招呼客人。

不得不說雖然白銀性子灑脫、行事不拘小節，可他在白家莊這個充滿著豐富底蘊的武林家族中出生，從小耳濡目染下，一身氣度自是不凡。只見認眞起來招呼一眾江湖豪傑的他，舉止有度、進退得宜，言行間令人如沐春風，完全找不出任何失禮之處，怎樣看都是個風度翩翩的世家子弟。

何況白銀對諸多事情均有所涉獵，即使了解不是很深的話題，少年也能夠談出一些自己獨特的想法，無論是刀劍弓箭或是風花雪月，他皆能與對方聊得上來。即使面對著一眾成名已久的老前輩，白銀也沒有表現出絲毫拘束，一副遊刃有餘的模樣。言談間更顧及所有客人，不會讓誰受到冷落。

看著遊走在眾人之間言談甚歡的白銀，洛明臉上神色益發不好看起來。與白銀相比，洛明覺得自己就像個沒見過世面的土包子。這認知讓一向自視甚高，且暗暗把白銀視爲假想敵的洛明暗恨不已，同時也生出了深深的無力感。

即使再不喜歡白銀，洛明還是不得不承認，在待人接物上，自己並不如對方。

本來洛明還覺得白銀那副吊兒郎當的模樣怎樣看怎樣不可靠，一點兒也配不上琉璃。可是在見識到白銀認眞的一面後，他才知道自己錯得離譜。

如果說，一直不露山水的白銀，那偶爾露出的一角崢嶸讓洛明意外，那當少年終於弄清楚「白家莊」三個字在江湖中到底有著怎樣的意義與地位時，他幾乎被打擊得吐血了！

原來武林各門派一直以白家莊馬首是瞻！原來白天凌是武林盟主！原來白銀是武林盟主的兒子!!

也就是說，即使洛明最終成爲靈族族長，理論上也是受武林盟主白天凌管轄！

雖然洛明可以安慰自己，武林盟主是白天凌不是白銀，可是洛明很清楚，他自己也只是「候選族長」而已。偏偏他們這兩個「武二代」比拚起來，洛明卻是一點勝算也沒有啊！

畢竟有個當武林盟主的爹，白銀的起點比他高出太多了，看那些武林前輩一副很欣賞白銀、願意提攜他的樣子。白莊主死後，說不定白銀便是下一任武林盟主。而靈族呢？在江湖中卻是爹不疼、娘不愛。

即使白銀當不成武林盟主，光以白家莊主這身分，也甩出靈族族長數條街了。

洛明想到當初向白銀炫耀自己將會成為靈族下任族長時，那副志得意滿的樣子，便恨不得找個洞鑽進去。那時白銀默不作聲，洛明還誤以為對方被打擊得無話可說，現在回想當時二人的表現，白銀的淡然突顯出自己的驕傲自大，那迫不及待地向眾人炫耀背景的舉動，簡直就像個小孩子般幼稚！

洛芠把弟弟變幻莫測的神情盡收眼簾，與張雨陽交換了無奈的眼神，卻知道現在不是開解他的好時機。

其實從一開始，洛芠便已猜測到洛明根本沒有勝算。與其說這次同行是給洛明把琉璃搶過來的機會，倒不如說洛芠是打算利用白銀來打擊一下洛明，誰教這孩子一生順風順水得讓她擔憂呢？

可洛芝卻想不到白銀竟是武林盟主的兒子，而且在一眾江湖豪傑中很吃得開！

結果目標不小心給洛明定得太高了，這已經不是「打擊一下」，而是打擊得很徹底了！

也不知道洛明會不會從此一蹶不振，又或者因而妒恨白銀，這些都不是洛芝樂意看見的。

張雨陽握住洛芝的手，小聲說道：「現在不是說話的時候。待散席後、找個機會，我與妳一起去開解他吧！」

戀人的體貼與關懷讓人窩心，洛芝泛著微笑點了點頭，看起來就像個乖巧無比的小媳婦。

再加上她本就有著一張甜美可人的容貌，在笑容的襯托下更是嬌美無比，吸引了不少人的視線。隨即一些對外表清純甜美的洛芝怦然心動的人，便發現到二人握著的手，只得把追求佳人的心思壓下，暗暗羨慕：真是個好運的小子！

洛明即使因白銀而備受打擊，可是看到眾人的神情後，還是差點忍不住笑了出來。要是讓他們知道自家老姊的粗獷性格，只怕這些人便不會對張雨陽表現出羨慕，而是投以憐憫的眼神了。

眾人的注視讓洛芠心生不悅，她不介意張雨陽對她的眞情流露，對於青年親暱的舉動她只有欣喜，可卻厭惡別人把他們當猴戲看！

看到洛芠的神情愈來愈黑，原本打算不那麼快公開女子身分的白銀嘆了口氣，隨即上前向眾人拱了拱手，道：「抱歉，先前忘記向大家介紹，洛姑娘除了是張兄未過門的妻子外，還是靈族的族長。我們這次殲滅佟氏與林門的行動，有幸獲得靈族的支持，相信一定會更爲順利。」

眾人聞言不禁倒抽口涼氣，皆用無法置信的眼神盯著洛芠看。驚恐的模樣簡直就像看到一朵嬌弱的小白花，突然異變成張牙舞爪的食人花。

出於洛芠不想太惹人注意的要求，先前介紹洛家姊弟時，白銀只以「張兄的未婚妻，以及其弟弟」來輕輕帶過。

先不說張家已經覆滅，即使張家仍在，張雨陽區區一個商人之子，並不足以受到這些在江湖上成名已久的武林人士注意，更何況是他的未婚妻。

因此這些人對張雨陽與洛家姊弟也是一副不甚在意的態度，要不是看在他們是神子朋友的份上，只怕看都不會看他們一眼。

得知洛芠的身分後，這些武林豪傑腸子也悔青了。要是早知道這丫頭是靈族族長，他們即使不與她熱絡地打好關係，也至少不要得罪她啊！

尤其先前肆無忌憚盯著洛芠看的人，此刻更是後悔不已，暗暗盤算著該怎樣修復彼此的關係。

其實也不是這些人都怕了洛芠，現場人背後皆代表著一個武林門派，真要交手，鹿死誰手仍未知曉。只是靈族的手段太令人防不勝防，他們可不想如此莫名其妙地招惹上這個渾身是刺的難纏族群。

看到眾人顧忌的眼神，洛芠高傲地揚起下巴，露出一副總算找回場子的清爽表情。

感受到眾人態度上的轉變，洛明瞬間找回失去的自信。只見少年雙目看了看白銀、又看了看琉璃，隨即再次露出堅定的神色。

洛艾志得意滿之際，仍是不忘關注著身旁的小弟。看到本一臉沮喪的洛明那麼快便恢復過來，並再度燃燒起鬥志，洛艾不禁又好氣又好笑，只覺得剛剛害怕傷害到洛明那顆玻璃心的擔憂，全都是多餘的！

這小鬼可是粗線條得很呢，先前眞是白擔心了！

然而見到洛明一臉戰意地向白銀以眼神挑釁，洛艾卻又覺得頭痛起來。心想還是找個機會與洛明好好談一下吧，以免這渾小子不知分寸，做出什麼事情來。

第二章 情之一字

白兄有沒有與琉璃姑娘在一起的資格，
這不是由你來定論，而是琉璃姑娘的選擇。

林門夥同佟氏餘孽一事，經過各武林門派與朝廷的調查後，已確定為事實。這段時間眾人的一連串安排，便是在把敵人一網打盡之餘，還要把影響減到最小。

白天凌看時機差不多了，便緩緩站起身。不得不說白老莊主不愧為武林中的泰山北斗，單單一個動作，就讓所有武林俠客及德高望重的門派掌門全都安靜下來。

「根據朝廷密探得到的情報，林子揚正利用佟氏的力量大肆清洗林門中的反對勢力，與林門一眾掌權的長老鬥得不亦樂乎。佟氏那種能夠操控人心的瞳術，在歷史中有著記載，那是只有流著佟氏血脈的人才能夠修煉的祕術。那位與姚紫雅成親、將姚家資源盡數據為己有的王公子，正習得這種瞳術。如無意外，這人便是佟氏一族的遺孤無疑。」白天凌說到這裡，雖然眾人對佟氏一族重現世間已有心理準備，但仍引起了一陣騷動。

林門窩藏佟氏餘孽一事對他們來說已不是什麼祕密，然而這還是白天凌首次公開佟氏餘孽的身分。於白家壽宴時曾與王公子有過接觸的人，聞言皆露出意外的表情。

不得不說王公子無論長相還是待人接物方面，都能輕易讓人心生好感，當時在場有不少人對那名俊美無雙的男子印象很不錯，想不到對方竟是惡名昭彰的佟氏族人。

佟氏一族的存在令人痛恨，可誰也無法否認他們擁有強大的實力。面對這個強大的敵人，誰也不敢輕視，那些不知道王公子是誰的人，立即詢問身邊知情人士有關對方的資料，場面頓時變得鬧哄哄的。

白天凌並沒有急著說話，而是待眾人消化完這個訊息後，他那洪厚的嗓音才再度響起。聽到盟主說話，眾人於是安靜下來。

「至於那名自稱王公子妹妹的王晴，我們暫時不確定她是否也是佟氏餘孽，還是追隨王公子的手下。佟氏一族不容於世，真正效忠於他們的人其實並不多。至今所知道的，便是一名擅長飛刀的張姓老人、一名能夠驅使火鴉的咒術師、窩藏佟氏的林門、自稱王公子妹妹的王晴，以及於白家壽宴酒水中下蠱毒的逸嫣然。」

話題說及逸嫣然，眾人不約而同地將視線往逸堡主身上投去。這些視線所包含的意義不一，有同情、有嘲諷、有質疑、有不滿……

離白家壽宴只過了大半年，逸堡主卻像瞬間蒼老了十年似地。面對著眾人的視線，他只能一臉苦澀地裝作茫然不知。任誰養出逸嫣然此等心狠手辣的女兒，只怕都沒有顏面面對世人了吧？

尤其此間的一眾江湖人士之中，有不少來自於武林世家，當中不乏親友被逸嫣然謀害過的人。

白天凌同情地看了逸堡主一眼，心裡不禁為對方惋惜。逸堡主也算是一方豪傑，且為人仗義，名聲一向不錯，但現在只怕全都被他的女兒毀了。

雖然心裡可惜，但白天凌並沒有出言為逸堡主辯護。畢竟他雖然無辜可憐，但那些遭受逸嫣然毒手的家族也一樣。誰是誰非，並不是外人有資格評論的事情。

彷彿察覺不到眾人的異樣，白天凌續道：「近期眾多滅門慘案都有佟氏一族插手的跡象，追溯事件的起因，皆源於姚家內部一段十年前的祕辛。當中所涉及的人物中，姚家三小姐姚樂雅是唯一與這些家族有著深仇大恨的人。根據情報，這位姚三姑娘很有可能已投靠了佟氏一族，並利用佟氏的力量來復仇。偏偏姚樂雅卻符合紫霞仙子降下的最後預言的描述，如無意外，這位姚樂雅姑娘便是承繼了另一半神力的神子。」

與王公子的身分一樣，姚樂雅的事情也是首次公諸於世。下任神子之一竟然與佟氏聯手，眾人聞言不由得譁然，反應比聽到王公子身分時更為激烈。

畢竟佟氏餘孽的存在雖然如鯁在喉，但在花月國的統治下已經難成氣候。然而姚樂雅一事卻影響著下任神子的傳承。神子掌管花月國的命脈，萬一最終讓姚樂雅承繼了神力，只怕再也沒有人能夠阻止他們了。

說到這裡，白天凌看了琉璃一眼後，明顯露出了猶豫的神色，過了好一會才續道：「另外，相信大家也已經知道，威震鏢局被滅門時有人提供了凶手的畫像，畫中凶手的容貌與琉璃姑娘一模一樣。」

白天凌的話讓琉璃瞬間成為眾人焦點，好幾名初次得知此事、與少女坐得較為接近的人，不由自主地往外移開了些，忌憚地注視著一臉無辜的琉璃。

白天凌彷彿看不見這些人的動作，逕自續道：「不過張家受到襲擊時，張家家主張成並未立即死去。雖然當時張成也指證了凶手正是琉璃姑娘，然而在張家遇襲時，琉璃姑娘卻正巧與神子等人一起行動，根本沒有攻擊張家的可能性。」

得知琉璃並不是凶手，那些退開的人滿臉尷尬地面面相覷了好一會，隨即便裝作若無其事地移回琉璃身邊，其他人見狀不禁莞爾。

「也就是說對方是易容高手，故意嫁禍琉璃姑娘？」

「但爲什麼凶手不嫁禍別人，偏偏要選擇琉璃姑娘？難道那個凶手是琉璃姑娘的仇家？」

「會不會那就是凶手的眞實容貌？正所謂人有相似，也許只是長相與琉璃姑娘相近的人。」

「容貌相近，會相似到一模一樣的程度嗎？」

聽著眾人討論近期多起滅門慘案，身爲受害者的張雨陽黯然垂下雙目。洛艾見狀露出擔憂的神情，卻什麼忙也幫不上，只得在心裡焦慮不已。

感受到洛芠的不安，張雨陽強打起精神向她展露笑顏，道：「我不要緊的，既然答應妳會振作起來，我又怎會對妳食言呢？」

洛明一直暗暗觀察二人的互動，聽到張雨陽的話，少年露出滿意的神情，也對這位未來姊夫多了一份認同。

對於那名懷疑是姚樂雅、卻冒充琉璃容貌行凶的少女，眾人終究沒有討論出結果，只得將這話題放在一旁，改爲商議對付蠱獸的方法。

一提及遠古蠱獸，這些江湖好手卻是全都失去了與之一敵的戰意。

佟氏一族的能力雖然可怕，但終究人數稀少，成不了氣候，他們所擅長的蠱毒也不適合明刀明槍的戰鬥。至於祕術「魔瞳」，據記載，這瞳術對於意志堅定、或者已有所防備的人來說，用處並不大。

至於林門，雖然在武林中是個數一數二的大門派，但這只限於林鵬所統領的林門。現在內部四分五裂、高層只顧著爭權的林門，老實說，眾人並沒有把它放在眼裡。

因此誰也並沒有把這次事情看得太嚴重，只是因爲涉及佟氏餘孽，這才引起大家的重視。

然而敵人的陣容裡若加上了蠱獸，危險性便直線上升了。遠古蠱獸可不是凡人所能抗衡，當年光是蠱獸出世所引起的騷動，便足以令佟氏一族滅亡。蠱獸之威只存在於傳說中，人們對於神祕陌生的事物本就有著本能的畏懼，更何況是連落花仙子也無法將其徹底消滅的蠱獸？

雖然傳說曾提及落花仙子的結界充滿了神聖之力，會隨著年月逐漸削弱蠱獸的力量。但瘦死的駱駝比馬大，誰也不知道蠱獸到底保留了多少實力。

因此，當白天凌宣布眾人只要專注對付林門便可，佟氏與蠱獸則由神子等人來對付時，在場的武林人士皆不約而同地呼了口氣。

無論是佟氏餘孽還是蠱獸都燙手得很，眾人寧願對上人多勢眾的林門，也不願意面對人丁單薄的佟氏與蠱獸。

現在林門在外的勢力已被朝廷監控，只要行動開始，便能確保這些外圍子弟不會影響戰況，以及造成更多傷亡。眞正須要姚詩雅等人注意的地點，只有林門嫡系所在的林家府第。

根據情報，王公子與其妹王晴正忙著幫林子揚奪權，只怕一時半刻閒不下來。要是待他們完成了手上的工作，說不定便會立即反應過來。萬一讓他們逃出重圍、再度潛伏於花月國內，那便後患無窮了。

能否把他們一窩端，這次的行動是關鍵。

眾人討論了一些細節，並分配好明天的任務後，便各自來到白家準備好的客房歇息。

洛明隨著領路的下人來到客房，看著這簡潔卻舒適大氣的房間，本來已平復下來的嫉妒心又再度作祟。

再想到琉璃與白銀聊天時笑容可掬的模樣，洛明的心情變得更爲煩躁。明明已經很疲憊了，但就是沒有睡意，躺在床上翻來覆去睡不著。

洛明抓了抓頭，決定去找琉璃。他現在還是個半大的孩子，這可是白銀所沒有的優勢。至少現在他去敲琉璃的房門，不會被少女以男女授受不親爲由拒於門外。雖然很高興自身擁有的優勢，但想到琉璃一直只把自己視作小孩子，洛明便感到一陣沮喪，卻也不願意錯過這難得的機會。

少年心想：小孩子便小孩子吧！至少白銀再厚臉皮，也不敢晚上闖進琉璃姊姊的房間，既然有此優勢不用便是傻子！

要是讓正在沾沾自喜的洛明知道，白銀不但曾經光明正大地闖入琉璃的房間，甚至還乘勢向琉璃表白，並且獲得少女的接納，也許便不只是煩躁，而是連殺人的心都有了。

決定好便直接行動的洛明，卻在興沖沖地打開房門時，差點兒撞上站在門外舉起手想要敲門的張雨陽與洛芝二人。

看著正要外出的弟弟，洛芝心想他十之八九是要去找琉璃，不禁慶幸自己來得及時，要是晚一步，也許洛明已經闖進琉璃的房間了。

「姊？你們怎麼過來了？」洛明訝異地盯著眼前二人，心想他們想要怎樣甜蜜都可以，但幽會時走到弟弟的房間算什麼？來向他這個單身的人示威嗎!?

見洛明眼珠子亂轉，臉上還露出奇怪的表情，雖然不知道他在想什麼，但準不會是好東西。洛芠一掌便往少年的頭拍下去，頓時發出好大的響聲：「臭小子，你在亂想什麼？我有事情跟你談，還不快退回房間讓我們進去!?」

按住疼痛的頭顱，從小沒少受姊姊欺壓的少年敢怒不敢言。洛明深切懷疑自己之所以會一直長不高，就是因為自家姊姊老愛有事沒事便拍自己的頭！

張雨陽露出安撫的微笑：「先進去再說。」

被洛芠二人堵截住之際，洛明已有預感今晚的計畫要泡湯了，他鬱悶地退回房裡。隨即進入房間的洛芠二人將門關上後，便單刀直入地問道：「小子，你是不是喜歡琉璃？」

「姊，你怎麼知道的!?」

「……瞎子才看不出來。」

「那妳還問我？」小聲抱怨了聲後，洛明連忙用雙手護住頭：「別打頭了！我說，我是喜歡琉璃姊姊，那又怎樣？」

「不怎麼樣，你喜歡琉璃姑娘是你的事情，但你不能對白銀出手。」

洛明臉上閃過一絲被人識破的心虛，隨即不服氣地反駁：「爲什麼不能？我下手有分寸的，又不會眞的要了他的命。要是他連我這一關也過不了，這樣無能的男人怎配得上琉璃姊姊？何況妳答應讓我隨行，也是存了讓我把握機會爭取的心思吧？」

「我是給機會讓你去競爭沒錯，卻沒讓你對付白公子！想想看今天一眾武林豪傑面對白銀時是怎樣的態度，再想想現在是什麼情況？萬一白公子眞的中了你所下的毒，即使只是小小的惡作劇，也難保不被有心人惦記，甚至還有可能誤以爲我們靈族是佟氏埋下的釘子。要知道靈族的聲譽一向不好，在這種非常時期，我們行事更須謹愼。」

洛芝皺起眉訓斥著少年，女子的一番話表現出身爲一族之長應有的穩重與冷靜。如果有人因為洛艾的外表而誤以為她天真無邪，又或者因其大剌剌的性格，以為她粗枝大葉而輕視之，絕對會被她賣了還替她數錢啊！

見洛艾說罷，張雨陽補上了一句：「白兄有沒有與琉璃姑娘在一起的資格，這不是由你來定論，而是琉璃姑娘的選擇。」

洛艾長篇大論的一段話，卻遠遠沒有張雨陽這短短一句切中核心。正所謂忠言逆耳，洛明只覺得對方的話就像一巴掌，刮得他臉頰火辣辣地痛。

年輕人總把自尊與面子視得比性命還重要，張雨陽這句話說得毫不留情，洛明聞言立即像頭豎起了尖刺的刺蝟，生硬的表情透露出滿滿的拒絕：「你們說完了嗎？說完可以走了。放心，我做人有分寸的，不會連累到你們。」

洛明生氣，洛艾也不是婉約的性子，立即便要爆發：「你這是什麼話？我們是在擔心你，別不識好人心！」

張雨陽按住未婚妻的肩膀，青年溫和的雙眼有著穩定人心的力量，竟讓暴怒的洛艾控制住情緒，沒有把洛明狠狠地揍一頓。

隨即張雨陽便把眼神轉移至洛明身上，青年那雙美麗的眸子彷彿會說話，單是一個眼神，便讓洛明感受到他那番話是真的出自擔憂與關懷，並不是看不起自己。

洛明神情變幻莫測，誰也看不出他到底在想什麼。張雨陽沒有過於逼迫他，只是拍拍洛明的肩膀，道：「你仔細想想我們說的話吧！」隨即硬是拉著還想說些什麼的洛艾離去。

待離開洛明房間一段距離後，洛艾這才收起氣憤的神情，憂心忡忡地道：「我們只說了幾句便離開，這樣好嗎？」

張雨陽道：「讓他冷靜下來想一想吧！洛明是聰明的孩子，這麼顯而易見的事情只要稍加點撥，相信他很快便會想通。要是逼得太緊，讓他起了反抗心的話，反倒不美。」

洛艾笑著揶揄：「說得你好像很了解那個臭小子似地。」

張雨陽雙目頓時泛起一陣笑意：「艾姊妳不也是有這個想法，才順勢跟著我出來的嗎？不然以我的手勁，根本就拉不動妳分毫。」

青年眼中的笑意彷彿會感染人，洛芠不由得也翹起了嘴角。然而這笑容稍縱即逝，洛芠有點耍小性子地道：「就你聰明！還有，你又喚我作『芠姊』了。」

張雨陽試探性地喚了聲：「阿芠。」

見洛芠滿意地頷首，張雨陽詢問：「那……阿芠妳是否也應該更改一下對我的稱呼？」

洛芠「嘿嘿」笑道：「想也別想，你一輩子都是我的『小陽子』。」

看到女子志得意滿的笑容，張雨陽也不在意，心想妳再怎樣喜歡「小陽子」這個名字，成親後還不是要乖乖喚我一聲「夫君」嗎？

洛芠自然不知道張雨陽的小心思，再度把話題轉回洛明身上：「明明他與琉璃姑娘相處的時間並不多，你說他怎麼就如此死心眼呢？」

張雨陽笑問：「那阿芠妳呢？當初我們也只相處了數天而已，妳爲何便認準了我？」

要是其他女子，說及「情」這一字時總免不了害羞。然而洛艾卻神態自若地挑了挑眉，反問：「那小陽子你呢？你又爲何願意依約娶我？要知道當時我長得一點兒也不好看……你先告訴我，我再回答你！」

張雨陽性格溫和，聞言也沒有與洛艾爭辯，從善如流地交代道：「當時我對妳雖然並沒有愛情，卻是既感激又敬佩，也有著憐惜。我喜歡妳的眞性情，也願意照顧妳一輩子。若說對妳眞正動了情，我想是在張家滅門、我被妳罵醒的時候吧？」

說罷，張雨陽握著洛艾的手：「阿艾，我喜歡妳。」

洛艾一直害怕張雨陽是爲了報恩才與她在一起，現在確定青年對她眞的有情，不禁笑逐顏開：「算你好眼光。那小陽子想知道我怎麼看上你的嗎？」

「願聞其詳。」

洛艾露出了追憶的神情，道：「你永遠不知道，當年容貌醜陋的我表現得有多驕傲，心裡便有多自卑。即使明知道這容貌不是永久的，可沒有哪個女孩子能夠接受自己人不像人、鬼不像鬼的模樣。然而你卻沒有嫌棄我的容貌，看著我的時候，眼中流露的一直是對恩人的感恩。於是我便存了惡作劇的心思，出言要求你將來娶我為妻。」

說到這裡，洛艾翹起了嘴角：「本來只是想為難你一下，想不到你竟然很鄭重地應允下來。於是我便產生了興趣，想看看你到底會不會回來。如果你真的為了我而回來，我自然也不會負你。可其實我對你的承諾並沒有存太大的盼望，想不到你卻真的依約回來了。」說到這裡，洛艾臉上出現難得的羞澀：「我自然是歡喜又感動，然後你的性子又與我很契合，我便……」

張雨陽聞言，忍不住詢問：「也就是說，當年無論是誰，只要是不嫌惡妳的容貌，信守承諾的話，妳便會嫁給他？」

面對這種問題時，為免對方不高興，一般來說應該要否定才對，不過洛艾卻大大方方地道出了真實的想法：「我不確定換了別人我會不會愛上他，但至少那個人必定能因而獲得我的好感。無論如何，現在獲得我的心的人是你，那你又有什麼好糾結呢？」

張雨陽愣了愣，隨即笑道：「這是我一輩子最大的幸運。」

洛芠對張雨陽的回答感到很滿意，此時二人正好路過白家莊的庭園，花前月下，曖昧的氣氛在二人四周瀰漫著。

然而，一聲略帶焦急的嗓音卻打破了這大好氣氛：「洛姑娘！張公子！太好了，原來你們在這裡！」

看到發言的白家子弟使出輕功掠至二人身前，張雨陽不由得感嘆在張家仍在的時候，傳訊的都是嬌怯怯的俏麗婢女，白家莊倒好，找人時連輕功都用上了。

被人破壞了與張雨陽的獨處，心中不爽的洛芠語氣不禁有點衝：「這麼晚了，有什麼事情？」

這名白家子弟心裡嘀咕「你們也知很晚了嗎？不留在客房睡覺，害我好找」，臉上卻是恭敬地拱了拱手：「抱歉打擾兩位休息，莊主請所有賓客到大廳裡，有要事商議。」

說罷，少年伸手虛引，道：「請。」

第三章　叛徒

「我已經厭倦留在你們身邊了，也厭惡了裝作什麼都沒有發現，與妳一起玩姊妹情深的遊戲了，二姊姊。」

洛芝二人來到大廳時，其他人已齊集在那裡了。

白天凌如此緊急地在深夜召集眾人，他要商議的事情必定不尋常，而且準沒好事。因此眾人神色皆很凝重，氣氛壓抑得很。

看到人已到齊，白天凌沒有賣關子，單刀直入地說道：「剛剛收到消息，王夫人……也就是姚家的大女兒、姚紫雅被人所殺，身首異處。」

姚詩雅纖弱的身子晃了晃，一副快要暈倒的樣子。

「詩雅！」葉天維連忙扶住她，見少女臉色蒼白，滿臉哀悼，葉天維真是心痛死了，更在心裡把姚紫雅咒罵了數遍。

他實在無法理解戀人對姚紫雅那個女人的在乎，明明對方是個連生母也能害死的毒婦，她們姊妹的感情又不是特別好，爲了這種人傷心也太不值了！

可是也正因爲姚詩雅的重情重義，當年姚老夫人逼她解除婚約、另嫁其他名門公子時，她才會如此堅決地拒絕，甚至以死相脅。葉天維不理解姚詩雅的想法，卻不會因此阻礙他欣賞少女的善良。

或許正是姚詩雅擁有著他所沒有的特質，因此他才會被對方吸引吧？

眾人本以爲這個嬌弱的少女會暈厥過去，又或者會順勢賴在葉天維懷裡尋求安慰與溫暖。可姚詩雅卻穩住了心神，雖然悲痛不已，卻離開了葉天維的攙扶，強忍著失去親人的悲傷，向眾人說道：「不好意思，我失態了，請白莊主繼續。」

白天凌眼中閃過一絲讚賞：「請神子大人節哀。我們本來便有著把王夫人當誘餌的打算，已在她身邊布下天羅地網，可惜還是讓刺客得手了。根據負責保護王夫人的護衛描述，殺死王夫人的是一名擅用蠱術、武藝高強的小姑娘，而且……」說到這裡，白天凌把視線投放在琉璃身上。

琉璃聳了聳肩：「凶手又是與我長得一模一樣？」

白天凌頷首，示意琉璃的猜測沒錯。

這個世上雖然有著各式各樣的法術，卻沒有任何符咒能讓一個人完全變成另一個人的模樣。只因相由心生，法術的基礎是魂力，再怎麼使用法術改變容顏，也會保留一些本相的特徵。因此，雖然有易容的法術，卻絕對無法變幻得與別人一模一樣。

不過，即使無法變得一模一樣，可敵人既有心嫁禍琉璃，那麼找一個容貌本就與她相似的人再用法術修飾一下，仍能幾可亂眞。

即使如此，再相似的容貌還是會有著不同的差距。威震鏢局遭滅門時，可以說那些學童驚鴻一瞥看不確實。張府出事時，也可以說是張成重傷垂死之際看不出二人的分別，可是姚紫雅被殺時，有那麼多朝廷高手在，要是凶手眞有易容，不可能瞞過這些受過特殊訓練的高手；更何況全部的人都指出凶手的長相確實與琉璃的畫像一模一樣，總不會所有人都看錯了吧？

眾人看向琉璃的目光，不禁多了些警戒與疏離。

白銀笑著揶揄：「小琉璃，妳到底有多惹人恨啊？能讓人如此處心積慮地嫁禍於妳。」

琉璃彷彿看不見眾人臉上的猜忌，逕自一臉輕鬆地說道：「雖然我不知道想要嫁禍我的人是誰，不過她的算盤打不響了，實在浪費了她一而再、再而三嫁禍我的心思。上一次張府被滅門時，我正好與詩雅姊姊他們在一起；這一次我則身處於白家莊裡。試問，我又不懂分身術，怎樣去殺人呢？」

聽到琉璃的話，雖然心裡依舊疑惑著凶手的容貌爲什麼會與她一模一樣，但無法否認的是，這次姚紫雅的命案與先前張家滅門時的狀況一樣，以少女身處的位置，根本沒有犯案的可能。

因此眾人雖仍有疑慮，但也覺得琉璃不會是殺死姚紫雅的凶手。只有葉天維——這個身爲琉璃師弟、對她一身本領最了解的人——眼中的忌憚與質疑並未消失。

「葉兄，你有什麼話要說嗎？」祐正風察覺到了葉天維的反常。他並沒有左煒天的勇猛，也不如宋仁書聰慧，可卻是三兄弟中最穩重、最細心的人。

葉天維雙目閃過一絲掙扎，隨即眼神閃爍地移開了視線：「不，沒什麼……」

以葉天維高傲的性情，他從來不屑說謊。這也許是他人生中首次欺瞞別人，那副心虛的模樣，就連最大剌剌的左煒天也看得出來。

姚詩雅抓住葉天維的手臂，連連追問：「天維，你是想到一些關鍵性的東西對不對？你知道什麼便說出來吧！雖然姊姊一直不喜歡我、雖然她做了很多錯事，但她終究是我的親人。何況最恨姊姊的絕對是三妹無疑，找到殺死姊姊的凶手，也許便能獲得三妹的線索。如果你隱瞞著不說，以致我們忽略了重要的線索……我……」

姚詩雅性子溫婉，即使事已至此，還是說不出狠話來。然而少女那泫然欲泣的神情，卻比任何決絕的話語更能讓葉天維動搖。葉天維臉上的掙扎之色更爲明顯，良久，青年張口道：「其實……」

就在葉天維想要坦白之際，人群中一道人影倏地使出輕功躍上了半空，明明沒有任何借力點，可人影卻於半空矯捷地修正了角度，一口氣輕鬆躍上高高的橫梁。

白家莊大廳的樓底比一般大宅爲高，這一躍動作行雲流水般優美而迅速，最驚人的是，不用借力竟能在半空中修正落足點的技巧。即使在場不乏武林中成名已久的老前輩，但自信能夠如此輕易做到的人卻寥寥無幾。

「是琉璃姑娘？」看著遠在橫梁上笑盈盈俯視眾人的少女，大家皆露出了戒備的神色。這動作怎麼看都不像是小姑娘突然想惹人注目那麼簡單。

尤其在葉天維正要鬆口、道出凶手線索之際。

一些機敏的人已移至橫梁下方，封死少女可離開的路線，以防她奪門逃走。這些人全都是輕功卓越之輩，他們自信即使有任何突發狀況，也能躍上去將少女拿下。

甚至有些人還在心頭暗暗嘲諷這個小姑娘眞的異想天開，大廳裡的人全是高手，要是確定了她眞是殺人凶手，難道她以爲躍上橫梁便能跑得掉嗎？

琉璃的舉動讓白銀心裡一陣慌亂，只見少年強笑道：「小琉璃，妳就是愛開玩笑。別玩了！這一點兒也不好玩。」

「我才沒有在玩呢！我只是覺得膩了。」與強顏歡笑的白銀不同，琉璃的笑容一如以往般輕鬆愉快，完全沒有被人圍攻時應有的憂慮。這明亮剔透的笑容曾是白銀的最愛，可現在卻讓少年有種膽戰心驚的感覺。

白銀的神情幾乎是在懇求著：「小琉璃，妳別再胡說了……」

可惜白銀希望一切只是場玩笑的期望註定落空，只見琉璃掛著甜美的笑容、毫不留情地續道：「我已經厭倦留在你們身邊了。」

琉璃對上姚詩雅的視線，淡然說道：「我也厭惡了裝作什麼都沒有發現，與妳一起玩姊妹情深的遊戲了，二姊姊。」

說罷，琉璃張開手，在少女右手掌心中升起一陣淡淡金光。這股充滿聖潔氣息的力量姚詩雅很熟悉，正是她缺失的另一半神力！

姚詩雅驚訝地睜大雙目，如果不是葉天維拉著她，激動不已的神子說不定已不顧一切地衝進琉璃的攻擊範圍了：「妳是小妹？琉璃姑娘，妳真正的名字是『姚樂雅』嗎？」

白天凌皺起眉頭。琉璃對白家莊有著大恩，白莊主並不想向她出手，可事情涉及神子的神力，這實在牽扯太大了，他無法罔顧一切將她放走。

白天凌也是個殺伐決斷的人，猶豫只是一、兩秒的事，便向那些在橫梁下蓄勢待發的白家子弟道：「把琉璃姑娘『請』下來。」

聽到白天凌的命令，這些白家子弟立即運氣登上橫梁。一些輕功不俗的武林豪傑也不甘落於人後地趕至。

看著接連躍上橫梁欲抓捕自己的眾人，琉璃卻沒有表露出絲毫緊張著急。只見少女向白天凌拱了拱手：「不敢勞煩大家來『請』，我自己走就好了。」

對於琉璃的話，眾人皆不以爲然。心想這大廳的人全是高手，琉璃的武功再強也是寡不敵眾，絕對是插翅難飛了。

然而當眾人翻上橫梁後，卻看到橫梁上貼有幾張符咒，隨即這些符咒「砰」地一聲同時燃燒，火光比人還要高，就連地面上的人也能感受到火焰的溫度！

偏偏橫梁完全沒有被燒燬的跡象，在火中的琉璃也沒有任何被烈焰焚身的痛苦。要不是撲面而來的熱氣如此眞實，他們眞的會認爲這火焰只是符咒產生出來的幻象。

有名白家子弟膽子較大，伸手想要試探一下這些火焰的虛實，結果指頭立即被湧出好幾個水泡！

難道這些火焰便是她的依仗？

當眾人猜想琉璃打算利用這些火焰來突圍時，猛烈的大火卻倏地熄滅。隨著大火而消失的，還有身處火中的琉璃！

橫梁上沒有焦痕，剛剛的大火彷彿只是場幻覺。眾人面面相覷，先前他們還很有自信地認爲琉璃絕對逃不出去，可現在少女失蹤的事實就像一巴掌，打得他們臉頰火辣辣地痛。

「好端端的一個大活人，怎麼會不見了!?」

人群中不知道是誰率先驚呼，隨即便是一陣騷動，眼前發生的事情實在太匪夷所思了。

祐正風心思細密，雖然對於琉璃的事情同樣驚疑，但他並沒有忘記事件的起因。當眾人皆討論著突然消失的琉璃時，卻只有他把注意力投放在葉天維身上：

「葉兄，你先前是有什麼話要說嗎？」

經祐正風提醒，眾人才想起琉璃的異狀似乎是因葉天維而起，立即不約而同地往葉天維看去。剛剛青年想要說的話，應該正是事情的關鍵。

葉天維嘆了口氣，道：「師姊的不在場證明其實並不成立。」

宋仁書才思敏捷，若有所思地詢問：「是因爲剛剛琉璃姑娘消失的法術嗎？這並不是讓我們看不見她的障眼法，而是……她能夠透過這個法術，瞬間轉移至別的地方？」

葉天維雙目閃過一絲讚賞，頷首確定了宋仁書的猜測：「是的，這是師父的獨門法術。把兩個身處異地的靈魂連結起來，無論雙方相隔多遠，只要施術者的呼喚獲得回應，便能在短時間內用瞬移的方式來往兩地，瞬間來到對方身邊。雖然這法術無法隨心所欲地轉移，但只要有同伴支援，短時間往來兩地並不是什麼難事。」

宋仁書聞言皺起了眉：「所以你才說琉璃姑娘的不在場證明根本不成立，因爲她可以利用這個法術，在短時間往來不同地點。在中陰山時，我們並不是無時無刻都在一起；另外，姚紫雅被殺時，大家也在各自的房間休息，誰也說不準她當時是否在現場。」

頓了頓，宋仁書問：「葉兄，這是個容易習得的法術嗎？」

雖然心知這種幾乎可說是驚世駭俗的法術必定不會是路邊的大白菜，但宋仁書還是想再確定一下。

葉天維搖首：「我可以肯定這個世上除了我與師姊外，只有師父能使出這個法術。要學得此術，必須花費五年的時間，在師父的守護下定期用特殊方法打通部分經脈。因此這法術雖用途廣泛，但師父至今也只傳予我和師姊二人而已。」

聽到葉天維的話，宋仁書等人不禁鬆了口氣。若這法術能輕易習得，而琉璃又將其教導了敵人，那林門裡的人便能夠瞬間說離開就離開，他們此次的圍捕便成了個笑話了。

想了想，葉天維補充：「其實各位不用把這法術想得太神奇，畢竟它還是有不少限制的。例如必須獲得同伴回應才能轉移這點，以及目的地若設有防禦結界，那施術者傳送時除非付出很大的代價，不然也只有失敗收場。」

說到這裡，眾人對於這法術已有一定的認知，也就沒有繼續為難葉天維了。畢竟詢問人家的獨門法術，已經觸及武林的忌諱。

在眾人沒有注意的情況下，宋仁書以只有葉天維才能聽到的聲量，小聲問道：「就像鬼王闖進碧華殿時那樣嗎？」

葉天維聞言皺了皺眉，但在宋才子那洞悉一切的目光下，最終還是微不可見地點了點頭。

宋仁書隨即好奇問道：「既然如此，那當時回應你師父的人到底是誰？」

然而面對宋仁書這個問題，葉天維卻是閉上嘴，鐵了心不做任何回答。

見狀，其實早已猜到答案的宋仁書也沒有追問下去。此時，宋仁書憶起一個很久以前就有的疑惑。在白家莊初次見面時，葉天維才說要回去向師父覆命，可轉眼間便回來了。當時宋仁書便奇怪對方為什麼能夠那麼快趕回來，還曾經猜測葉天維的師父是否身處沐平鎮，原來是因為他掌握了這個法術。

白銀依舊不願相信琉璃一直都在騙他，開口為琉璃辯護道：「但如此一來不是很奇怪嗎？要使用那法術需要同伴的回應，就算小琉璃眞的是凶手，爲什麼她寧可使用那麼麻煩的法術，交給她的同伴下手不就好了？而且她既然已成功潛伏在神子身邊，那行凶時爲什麼完全沒有顧忌，這麼輕易就讓別人看到她的容貌，這不是很奇怪嗎？」

「也許是因爲她不放心把事情交給別人，又或許是因爲若不親眼看著張家覆滅，她便解不了心頭之恨……剛剛她不是喚神子作『二姊』嗎？」宋仁書道。

祐正風也說道：「琉璃姑娘顯然對今晚的事情早有準備，也許正因爲如她剛才所言，她已經厭倦與我們虛與委蛇，所以行事便沒有顧忌了吧？」

這次白銀再也說不出話來。他很想說服大家相信琉璃，可惜他就連自己也說服不了。

事情已經很明顯了，不是嗎？

雖然事情還有著不少疑點，而且琉璃前後的態度也很奇怪，可作爲當事人的琉璃都親口承認了，白銀再不願意相信，也只得承認眼前的事實。

祐正風三人露出了懊悔的神情，他們早就覺得琉璃這個小姑娘有問題，爲什麼當初不強硬一點趕她離開？一想到他們竟然讓神子與這麼危險的人同行了那麼長的時間，三人便感到後怕不已。幸好神子沒出什麼事情，不然他們實在難辭其咎。

被琉璃的背叛傷得最深的人除了白銀外，莫過於神子姚詩雅。無論是琉璃把眾多家族滅門的惡行，還是少女對她的隱瞞與欺騙，都像一把把尖銳的刀刃般，扎得她心裡淌血。

姚詩雅不明白，琉璃如果眞的是姚樂雅、眞的如此恨自己，爲什麼能夠若無其事地留在他們身邊？她的笑容怎能如此清澈明亮？怎能如此虛情假意地表達出關心與關懷？

是自己錯了嗎？宋仁書等人不止一次告訴她，讓她小心琉璃。是自己決定相信對方，即使旅途中總有些蛛絲馬跡告訴她這個女孩有問題，但她仍是一意孤行地選擇相信對方！

然而事實卻證明，她錯了！錯得離譜！

葉天維看到姚詩雅如此悲傷，實在心痛得要命。其實在威震鏢局事件首次傳出琉璃的畫像時，他已經聯想到那個法術。可對方是他師姊，而且他也不相信琉璃會做出這種事情，爲免引起不必要的麻煩，他便沒有把眞相說出來。

可是一次又一次，在凶案現場皆有人目擊到琉璃的出沒，爲了姚詩雅的安危，葉天維才不得已把事情坦白。

見姚詩雅如此難過，葉天維也顧不得避嫌，把少女擁入懷中，給予無言的安慰與支持。

同時，葉天維也對張雨陽心生歉疚。如果一開始他便把事情和盤托出，也許張成便不會被殺害，張家也不會被滅了。

張雨陽與姚詩雅一樣，家族同樣受到姚樂雅的報復。現在知道琉璃的眞面目，青年也不好受。雖然他與琉璃認識時間不長，但對這名行事爽快俐落、總掛著甜美笑容的小姑娘很有好感。

此刻張雨陽的心裡很亂，一時想起從中陰山回到家裡時，看到那滿地屍骸的情境，一時又想起父親羞愧自盡，要求自己不要復仇的叮囑。對於琉璃，張雨陽也說不清到底是憎恨還是歉疚多一些。

至於其他在場的江湖豪傑，對於琉璃背叛一事雖覺得很意外，但並沒有神子等人如此大的感慨。他們最在意的，是這次的部署已被逃走的琉璃知曉！

佟氏一族擅長蠱術，他們就像條躲在暗處隨時準備咬人的毒蛇。正所謂打蛇打七寸，萬一這次讓佟氏餘孽逃脫，也不知道往後會遭到怎樣的報復。

左煒天道：「只怕我們的計畫要更改了。既然部署已讓敵人知曉，也不知道林門到底有什麼陷阱在等著我們。」

雖然左將軍素來以勇猛聞名，但勇武卻不代表他明知是陷阱還會闖進去。既然琉璃很有可能已與佟氏勾結，那現在被眾人輕視的林門，也許並不如他們所猜想般那麼簡單。

白天凌心裡也是這麼想的，卻在要點頭時，看到左煒天身旁的宋仁書皺起了眉、一副不太認同的表情。

「宋公子，你要是有其他想法，請說出來讓大家參詳一下。」

現在正值非常時期，白天凌也顧不得讓宋仁書這個文官首領插手了。宋仁書雖年紀輕輕，但他的聰明才智可是早聞名於花月國。他從小養在紫霞仙子名下，七歲便能在棋藝上贏過前任丞相，十歲已考得狀元。雖然有著紫霞仙子破例為他破除年齡限制等的因素在，但宋仁書參加殿試時的成績，卻是紮紮實實、沒有任何取巧。

後來前任丞相因年老辭官引退，宋仁書便成為歷任最年輕的丞相。當時也有人質疑他的能力，然而這幾年間他卻把國家打理得井井有條，漂亮地讓那些認為他過於年輕、不堪大任的反對聲音全部閉嘴。

宋仁書也知道現在不是謙讓的時候，便上前拱手道：「依在下所見，現在我們要做的並不是坐下來重新商討新的對策，而是應該加緊對林門的掌控，並且盡快將佟氏餘孽消滅！」

白天凌雖然並不認同宋仁書的提議，但並沒有輕率地反對，而是耐著性子等待對方解釋。

看到白天凌的態度，宋仁書突然明白爲何眾人都愛戴白天凌這個武林盟主了。武功的高低固然重要，但這並不是全部。白天凌的胸襟才是他受人敬重的主要原因，畢竟誰也不喜歡攤上一個喜歡搞「一言堂」的盟主。

宋仁書解釋：「朝廷早已撒下天羅地網，佟氏正與林門的人被我們圍困在府第中。即使琉璃姑娘通風報信，他們想要離開只怕也不容易。如果這次我們因爲拖延太久，讓佟氏找到機會逃脫，到時候事情便難辦了。倒不如我們在敵人反應過來以前，率先解決掉佟氏與林門。」

宋仁書一番話說得有理，大部分人都被他說動了，可是也有少數人依舊猶豫：「琉璃或許已經用法術進入林府與佟氏會合了，她身上還有著一半的神力，我們的勝算……」

宋仁書反問：「那又怎樣，這場仗我們便不打了嗎？」

所有人聞言皆愣住了。

的確，即使佟氏分明設下了陷阱，即使這次簡單的事情變得複雜困難，難道他們便任由對方繼續猖狂下去嗎？

萬一這次讓佟氏脫困，他們能確定下次可以順利找到這些人的消息，能夠像這次一樣把他們困住嗎？

這是場勢在必行的戰鬥，不存在迴避的可能性。既然如此，何不在對方還未反應過來之時狠狠地輾壓過去!?

宋仁書一番話並沒有慷慨激昂的說辭，也沒有用民族大義來擠兌他們，他只是理所當然地道出「必戰」的想法，然而其風度卻令人心折。

武林豪傑對於文弱書生大多是鄙視的，可此刻看著言簡意賅道出重點的宋仁書，聽著他斬釘截鐵說著要開戰的話語，他們終於明白到什麼是讀書人的氣節了！

第四章　攻打林門

林掌門，我們明人不說暗話。

林門與佟氏餘孽勾結一事已天下皆知，你還想要抵賴？

就在白家莊深夜討論著是否依照計畫攻打林門之際，在林門大宅中，終於將煩人叛亂者清理掉的林子揚，正意氣風發地闖進客房裡。

被林子揚闖入的聲音驚醒，睡在床上的秀麗少婦用手臂支起上半身，目光迷濛地往林子揚的方向看過去。

月色下，從單薄衣物中裸露出來的皮膚，白嫩得彷彿能擰出水來，女子一身鵝黃色單衣，襯托出纖弱的氣質。此刻她一雙杏眼從剛睡醒的迷濛中逐漸變得清明，聽到開門聲響，原本嬌怯又惶恐的目光，在看到是林子揚後，這才鬆了口氣，隱藏在眼底深處的愁緒也頓時煙消雲散，變成了信任與驚喜。

這名黃衣女子，正是從白家壽宴後便失蹤的逸嫣然！

逸嫣然那種充分表現出依賴與愛慕的反應，大大滿足了林子揚的虛榮心。他不禁慶幸當時冒著風險，選擇了偷偷把美人藏起來。不然，他哪有現在的風光？

林子揚很清楚這次之所以能奪權成功，全仗逸嫣然與王公子的幫助。無論是一開始說服他、讓他下定決心對付父親林鵬，還是往後奪權時的各種幫助，王公子與逸嫣然都是功不可沒。

想到現在林鵬已死，門派中的反對者已被肅清，林門終於眞正屬於他。再加上還獲得逸嫣然這個美人，林子揚覺得簡直就像作夢一樣。

「子揚，你能平安回來眞是太好了！林世伯他……」逸嫣然擔憂的目光取悅了林子揚，雖然外人很少當面評價他，但不代表林子揚不知道外人總在背後取笑他虎父犬子、是個連親生父親都不願多看一眼的廢物。林子揚永遠都是不被需要的那一方，可是現在得罪了各大門派的逸嫣然，卻只能依靠他的庇護。他就是她的天、她存活的希望，這種感覺對於林子揚來說，實在太美妙了！

「哼！別再提那個老糊塗了！我本來還顧念著父子情，只打算廢了他的武功，將他軟禁一輩子。怎料卻讓他鑽了漏洞走出來，更把我奪權的事情弄得人盡皆知。既然他冥頑不靈，就別怪我不念舊情！反正他從沒把我當兒子看，因此親眼看著王兄殺死他時，我並沒有多少感覺。」

弒父這種事，無論在哪裡都是非常嚴重的罪行，然而對於林子揚的發言，逸嫣然卻表示出支持與理解：「別為這種事心煩了，既然他不識抬舉，那子揚你斷沒有把威脅繼續留在身邊的道理。」

林子揚笑道：「我就知道只有妳能明白我。來來！美人，親一個！」

想不到林子揚才剛弒父奪權，竟還有心情與自己親熱，逸嫣然意外之下，被他輕易抱個滿懷。

「眞好……嫣然，妳眞香……乖，我將來一定會娶妳……」嘴巴呢喃著情話，但林子揚心裡卻想著現在自己已是林門掌門，到時候要什麼樣的女人會沒有？又怎會娶逸嫣然這個寡婦？

逸嫣然嬌媚一笑，卻見女子手也沒抬一下，抱著她的林子揚竟倏地失去意識。任由男子滑倒在地發出好大的聲響，看到對方額角因撞到桌角，弄出了大片瘀青，逸嫣然這才覺得心頭的鬱悶消散了些。

邊整理著有點凌亂的衣服，逸嫣然邊喃喃自語地抱怨：「噁心死了！竟然不小心被他碰到……」

逸嫣然整理衣物的同時，她的容貌也在變幻著。很快地，便從一名充滿成熟韻味的少婦，變成俏麗可人的少女！

此刻的逸嫣然，容貌竟變得與琉璃非常相像，然而眉宇間卻又有著些微不同，氣質相較於琉璃的活潑甜美，更偏向斯文與嬌柔。

這名漂亮的少女，正是自稱王公子妹妹的王晴！

改變容貌的她正要步出房間，卻見一道火光「砰」地一聲，在房間正中央燃燒起來。

王晴只感到靈魂深處有道聲音呼喚著自己，她稍微猶豫了下，便在心裡對這聲音做出回應。

王晴做出回應的瞬間，火焰倏地熄滅，一名女孩正悄悄地站在剛剛火焰燃燒著的位置。

是琉璃！

看到琉璃的出現，王晴皺了皺眉，既沒有如敵人般拔刀相向，亦沒有如同伴般笑臉相迎。王晴的表情倒像是看著一個甩不掉、趕不走的大麻煩，露出鬱悶又懊惱的表情。這不情不願的神情，倒是與宋仁書三人被琉璃纏上時如出一轍：「妳怎麼過來了？」

不得不說琉璃這孩子纏人的功力實在爐火純青，而且臉皮還一等一地厚。她彷彿看不見王晴毫不掩飾的不耐煩，逕自笑嘻嘻地道：「妳別一副想要趕人的樣子，我是來與妳解除誓約的。」

王晴饒有興味地挑了挑眉：「怎麼？妳終於被他們趕出來了嗎？」

琉璃撇了撇嘴：「誰被人趕出來啊？我是因爲膩了老是被人懷疑，所以自己走的。老實說，這次我眞的生氣了。而且我弄成現在這樣，還不是因爲妳故意嫁禍我嗎？妳總想著讓我無法在他們身邊立足，讓我對老是懷疑我的詩雅姊姊心灰意冷，好解除當年我們立下的誓約。不得不說，妳成功了。」

王晴揶揄道：「我以爲妳會想要護著姚詩雅一輩子。」

琉璃聳了聳肩：「我一向奉行人敬我一尺，我敬人一丈。人毀我一粟，我奪人三斗。保了她多年平安，也算是償還當年的姊妹情了，現在我可不想再管她。」

說罷，琉璃向王晴伸出手：「快點啦！我趕時間。」

王晴聞言，柔柔一笑，也向琉璃伸出手。兩名少女面對面而立，各自伸出右手掌輕輕互擊一下。當她們的手分開時，兩枚晶瑩剔透的小珠子各自被她們握在掌中。

這枚珠子便是她們當年所立的誓言，光芒看似微弱，卻蘊含著大道法則。由天道誓言所實體化成的珠子，對於立誓者有著無法違抗的約束性。只要這股力量存在一天，她們便得一直遵守誓言，永不背叛！

一般來說，天道誓言立下後就必須遵守，但還是有破例的時候。像琉璃與王晴，當年二人是以交換的條件，彼此向對方各自下了一道誓言，因此她們也是唯一可以爲對方破除誓言的人。

當初琉璃與王晴各懷目的，向天道所立下的誓言是針對對方而下的。琉璃希望能夠保護一個重要的人，因此要求王晴發誓，無論如何都絕不傷害此人。

至於王晴，則是要求琉璃幫忙隱瞞一個祕密。

兩名少女彼此交換手中的珠子，琉璃很乾脆地雙手一拍，珠子立時破碎。只要王晴也破壞手裡的珠子，便代表雙方在天道的見證下，同意消除當年立下的誓言。

然而王晴雙目一轉，卻是把手中的珠子收起來：「我怎麼知道這是不是妳與姚詩雅他們一起設下的局，好讓我解除誓言後，妳便能夠把隱藏著的祕密公開？」

雖然看情況，琉璃已經如她所願，與姚詩雅等人鬧翻了，但那個祕密對王晴來說太重要，她無法承受任何風險，不得不對此謹慎再三。

因此，她忍下立即消除天道誓言的誘惑，決定先查明眞相後再做打算。證實了琉璃眞的被天下人視爲滅門眞凶後，王晴才會把珠子捏破。

握住手中的珠子，王晴彷彿握著一個美夢。

只因那人曾承諾會盡力幫助她復仇，待一切塵埃落定，他便會娶她爲妻。

她知道自己配不上，她一直都知道自己配不上他。可是那個人承諾的美夢太美好了，她不願意醒過來。

感受到王晴的不信任，琉璃無所謂地說道：「隨便妳！只要妳捏破珠子，姚詩雅的性命便不再受天道保護。但妳還是聽我勸吧，有時候退一步，海闊天空。」

王晴冷冷地說：「妳知道這是不可能的。琉璃，我的事情妳就別再管了！」

琉璃離開後，王晴也隨即離開房間。路經暈倒在地的林子揚時，少女還惡意地用力跺了他一腳。

王晴走不多遠，便遇上兩名正在巡邏的林門子弟。

林門的人認識逸嫣然，卻不知道王晴是誰，正要上前查問這名突然出現在林門的陌生女子，卻眼前一黑，暈倒在地。

他們不知道，收留逸嫣然這段時間中，她已把蠱毒散布於所有林門弟子體內。現在蠱蟲的蟲卵已全數孵化，逸嫣然想要他們生便生，想要他們死便死！

「眞是可惜這種蠱蟲的孵化需要時間，不然便能一併控制到林鵬與那些爭權的長老。」這段期間爲了穩住林子揚而幫他殺害林鵬等人，眞是讓已把林門視爲私有財產的逸嫣然等人心痛死了。

只見王晴路過之處便有林門弟子倒下，少女暢通無阻地來到王公子的房間。見對方轉換成「王晴」的臉進入房間時，王公子露出意外的神情，問：「怎麼了？妳不是正陪著那個林子揚嗎？」

王晴冷哼了聲：「別提他了，再待下去我怕會忍不住幹掉他。」

王公子笑道：「沒關係，晚點我用『魔瞳』修改他的記憶。姚樂雅，妳沒必要委屈自己。」

王晴悶悶地反駁：「我說過了，叫我逸嫣然也好、王晴也罷。少爺，請你別再喚我那個名字。」

王公子深邃的眸子閃過一絲疼惜，道：「快了，樂雅，妳的仇人只剩下張雨陽與姚詩雅二人。張雨陽現在只是個流離失所的普通人，我們什麼時候對他下手都可以。至於姚詩雅……只要殺了她，不但能爲妳報仇，還能讓我佟氏大業往前邁進一步，我也算是能對得起列祖列宗了。」

此時，負責站崗的林門子弟忽然敲響了警報！

□

尹智輝與紅蘭二人是這次負責圍困林門的隊伍領頭。他們按照白天凌的命令，早在數天前已帶同人馬藏匿在林門四周。

爲免打草驚蛇，對於林門基層弟子出入，以及外出採購的下人，尹智輝與紅蘭並沒有多加理會。至於他們重點關注的林門高層，卻因爲內鬥，不是死在宅裡，便是成爲勝利者，正全力重整林門的秩序，根本沒有出門的心思。

因此一連數天，無關緊要的弟子常有出入，但白天凌交代他們監視的林子揚等重要人物卻是留在林門中，一直沒有露面。沉穩的尹智輝仍能沉得住氣，倒是性子較浮躁的紅蘭，卻在省卻不少氣力的同時，不禁感到有些無聊。甚至還暗暗向尹智輝抱怨，希望能出點意外，讓他們不至於無所事事。

也不知是否因爲紅蘭的烏鴉嘴，晚上二人忽然收到新的指示，要求他們不用繼續隱藏在暗處，可以光明正大地向林門進行圍攻，留在白家莊的一眾高手們很快便會趕至。

另外，在命令之後，還提及了琉璃是佟氏內鬼一事。

紅蘭看到這則消息時，不禁露出冷笑：「所以我就說那丫頭背景不明、思慮太深，早就勸戒大家別與她深交，可惜莊主他們就是不聽。現在好了，我們的計畫都因她洩露出去了吧？」

尹智輝嘆了口氣：「現在說這些也沒意思了。幸好我們的部署早已完成，反正早晚都要與林門撕破臉，也不差是早是晚了。」

紅蘭撇了撇嘴：「師兄，你就是太厚道了，我就是在背後說她壞話又怎樣？先前林門只顧著內亂，要是消息沒走漏，我們便可以殺他們一個措手不及。現在敵人有防備了，便變成一場硬仗，你讓我這口氣怎麼嚥得下去？」

紅蘭頓了頓，略帶猶豫地說：「不過，信中提到的內容眞令人不敢相信。說那個丫頭是敵人我不意外，但她並不像個會爲了仇恨而滅人滿門的人。」

尹智輝道：「我也覺得難以置信，然而她卻親口承認自己便是神子一直尋找的姚樂雅，對於眾人的指控也不否認，這還哪有假的？仇恨會扭曲人心，只能說她僞裝得太好了。」

紅蘭嘆息了聲：「少主這次一定很傷心，希望他別太難過。」

□

眾人得知琉璃竟是敵人後，自然認爲少女已把圍困林門一事洩露出去。爲免佟氏與逸嫣然這兩個重要人物逃脫，他們只得與時間競爭，在深夜集結人馬，攻打林門！

數日以來一直藏匿暗處的人馬，也在尹智輝與紅蘭的命令下顯露身影，團團圍住林門；此舉立即驚動了站崗的林門弟子，於寂靜深夜中傳出警報聲響。

可是神子等人卻不知道，雖然琉璃的確與佟氏那邊聯繫了，但少女卻沒有洩露眾人打算突襲的計畫。因此，直到尹智輝等人自行暴露出來，林門這才驚覺到敵人的存在。

兵貴神速，白天凌等人來得很快，一眾武林最頂尖的力量很快集結於林門。

林子揚身為林門新掌門，在逸嫣然的控制下早已甦醒，並經王公子以佟氏的祕術「魔瞳」更改記憶，作了一場旖旎的春夢。

「白莊主，你率領眾多武林同道包圍我林門，到底意欲何為？」深夜包圍林門，白天凌等人的行為一看便知道來者不善。雖然同為門派的掌門，但林子揚面對這些高手，卻完全沒有底氣，只敢躲在騷動不安的林門弟子後面，遠遠地向著外面喊話。

白天凌雙目閃過一絲鄙視，冷哼了道：「林掌門，我們明人不說暗話，你應該很清楚我們為何而來。林門與佟氏餘孽勾結一事已天下皆知，你還想要抵賴嗎？」

林子揚聞言臉色一變，隨即怒不可遏地喝罵：「白天凌，這話可不能亂說！是你害怕我們林門的實力超過白家莊，所以栽贓嫁禍我們吧？」

說罷，林子揚向白天凌身旁一眾武林高手拱了拱手：「各位武林同道，你們別聽白天凌胡說八道。白家莊早就忌憚我們林門，現在他能如此誣陷我們，將來眾位的門派強大起來時，也難保白家莊不會用同樣手法來對付大家！」

宋仁書皺起眉，道：「林子揚背後有人。」

白銀露出了嘲諷的笑容：「嗯，林子揚這傢伙根本說不出這番話，一定是別人教的。」說到這，少年的笑容愈發不屑：「他們以為勾起其他門派的危機感，以同仇敵愾的語調大發其詞，便能夠把他庇護佟氏一事矇混過去嗎？這些武林高手看起來豪邁爽直，但身處高位的人哪個不是人精？他也太小看天下人了。」

果然不用白天凌開口，已有別派掌門冷哼道：「林子揚，別再花言巧語了！你以為老夫不知道林門包庇逸嫣然嗎？另外那個王公子，朝廷已證實是佟氏一族的餘孽。你還有什麼話可以狡辯？」

林子揚本以為自己窩藏逸嫣然一事做得很隱蔽，想不到卻被人當眾點破，不由得慌張起來。再聽到對方竟說那位被他奉為長老、幫助自己奪權的王公子竟然是佟氏的人，林子揚只覺得雙腿一軟，差點便嚇得跪下來。

他再不才，也知道自己這次闖下大禍了。勾結佟氏這個罪名可不是說笑的，絕對能讓林門灰飛煙滅。他可不會懷疑對方所言的眞僞，畢竟眼前有不少武林中德高望重的前輩。這些人無論哪一個都不是易糊弄的，且品德也信得過。既然他們願意參與圍堵林門一事，就已說明那位王公子的身分了。

最初看到白天凌率領眾人包圍林門時，林子揚以爲只是白家莊看到林門正値權力交接之際，特意過來向他這個新掌門下馬威。

後來聽到他們提及逸嫣然，雖然有點意外女子的行蹤被眾人知曉，但林子揚也不是太在意，大不了到時候把人交出去就好了，不過是一個女人，嚐個鮮還好，爲了她得罪眾人，便有點不値了。現在他已是林門掌門，還愁沒有美人？

然而聽到王公子竟然與佟氏有所牽扯，林子揚卻是眞的慌了！

萬一林門與佟氏勾結一事被證實，到時候林門便會成了人人喊打的過街老鼠，與整個花月國爲敵！

想到這裡，林子揚嚇得臉色發白，再也不復剛剛狂妄自大的模樣，放低姿態、小心翼翼地說：「府內的確有位王公子被我奉爲上賓，可是我眞的不清楚他的背景。說不定是有什麼誤會，要不……我現在便把他與逸嫣然交出來？」

白天凌嘴角一抽，實在不知道該說什麼才好了。

你現在好歹也是林門的新掌門，有點骨氣好不好!?現在這副諂媚的樣子，實在不知道該說你識時務、還是做人沒骨氣！

雖然對林子揚的轉變感到無言，但對方的提議正中白天凌下懷。要是能夠不見血地便抓捕到王公子與逸嫣然，那他並不介意把林門包庇佟氏一事輕輕放下。

佟氏在花月國一直見不得光，即使想擴充勢力，也沒有吸引人才的威望與資源。誰願意冒著抄家滅族、遺臭萬年的風險，來幫助他們實現摧毀花月國這個幾乎不可能實現的願望？

只要佟氏餘孽的身分一洩露，必定會有不少人爭相告密。因此，佟氏這些年來一直如履薄冰，能夠延續血脈已經很了不起，要廣納賢能根本不可能。

由此可知，忠於佟氏的人必定不多，因此更能顯出抓捕王公子的重要。要是林子揚能夠交出二人，那麼讓林門將功折罪、放林門一馬又何妨？

反正現在林門讓林子揚這個紈褲子弟當上掌門，腐敗衰落只是遲早的事，白天凌完全沒有把現在的林門視爲對手。

心裡的算盤打得劈啪作響，白天凌即使驚訝於林子揚的識趣，但表面仍是保持嚴肅的神情，讓人看不出喜怒：「可以，你把人帶出來吧！」

雖然林子揚已決定交出王公子與逸嫣然，但他對女子還是有著幾分憐惜與歉疚，想到先前對逸嫣然的承諾與山盟海誓，林子揚實在沒臉親自把人抓出來。因此便轉向身旁的心腹，道：「去把王公子與逸姑娘請出來。」

兩名心腹點點頭，帶著十多名林門弟子，浩浩蕩蕩地便要去抓人。

然而這十多人還未行動，已見逸嫣然與王公子緩緩步出林府。二人彷彿看不見以白天凌爲首的一眾武林人士，姿態悠閒得不見絲毫惶恐。

逸嫣然是位風姿綽約的美女，王公子更是俊美得不似凡人。無論是誰看到二人並排站在一起，都會不由得讚歎一聲，實在是郎才女貌、天造地設的一對！

美麗的事物總會讓人心生好感，可惜這二人外表再出色，也掩蓋不了他們那令人忌諱的身分。

逸嫣然現身的瞬間，逸堡主一臉怒容地越群而出：「妳還有臉走到我面前？我們逸明堡的臉都被妳這個孽障丟光了！」

面對逸堡主的怒罵，逸嫣然卻有如沒事人一般，斯文嬌怯地笑著，遙遙向對方行了一禮：「爹爹安好。」

「妳……」逸堡主差點兒被她氣得岔了氣。

被林子揚「委以重任」的數名心腹，看到王公子與逸嫣然竟自投羅網地從林門走出來，忍不住面露喜色。這些人都是從小跟隨在林子揚左右的狗腿子，本領低微，就只有奉承諂媚的工夫著實不錯。當林子揚成爲掌門後，這些心腹手下便是一人得道，雞犬升天，在林門的地位立即大大提升。

他們很清楚現在所獲得的一切都是因林子揚而來，要是對方不再賞識他們，便什麼也不是了。因此，對於林子揚下達的命令，這些人絕對重視，並且爭相好好表現。

本來還擔心他們一擁而上也不會是王公子二人的對手，現在對方卻自動走出來，四周都是要抓捕兩人的武林高手，這些林門弟子的氣焰立即增長起來。

只見這十多人爭相走上前，冷笑道：「王公子、逸姑娘，少主叫我們『請』兩位出去，希望你們不要讓我爲難。」

逸嫣然聞言皺起眉，視線投向林子揚。

這些林門弟子見狀，哄笑道：「這可是掌門的命令，逸姑娘妳還是識時務得好，別逼我們動粗了！」

感受到逸嫣然投來的視線，林子揚羞愧地移開眼，卻沒有阻止心腹手下對女子的圍困與嘲弄。

王公子見狀笑了起來，語調充滿調侃地向逸嫣然說道：「妳的裙下之臣也不如想像般忠心嘛，這麼輕易便把妳賣了。」

逸嫣然掩嘴一笑：「那正好，他如此無情，我也不會有任何歉疚了。」

王公子對女子的話很不以爲然。畢竟死在逸嫣然手上的冤魂多得是，也不見她有過任何歉疚，這番話也未免太矯情了。

林子揚見二人無視自己，一副言談甚歡的模樣，忍不住妒火中燒。他早已把逸嫣然視爲禁臠，這段時間女子也對他表現出依賴與眷戀，大大滿足他作爲男人的虛榮心。

可是現在，一直把他視爲天的逸嫣然眼中卻再也沒有自己了，甚至在他面前與別的男人調笑，巨大的反差讓林子揚心裡頓時不平衡，冷笑道：「蕩婦果然不愧爲蕩婦，知道我不要妳了，這麼快便與其他男人勾搭上嗎？不對……王公子是妳介紹給我的，你們一定早早便有著不可告人的關係了吧？」

林子揚愈想愈覺得這根本是逸嫣然的錯，是那個水性楊花的女人先背叛他。心裡的歉疚頓時蕩然無存，出賣也變得理直氣壯起來：「你們還呆站在這裡做什麼？

快點替我抓住這對奸夫淫婦！」

面對林子揚詆譭的話語，逸嫣然與王公子毫不動怒，神情活像看著小丑在表演。一旁的逸堡主倒是氣得快吐血了，無論如何，逸嫣然終是他的女兒。現在她在一眾武林同道面前被人這麼說，逸堡主只覺得一生都沒有像今天般丟臉。

聽到林子揚把話說得如此難聽，林門弟子都看出掌門是真的與二人撕破臉了。先前還擔心逸嫣然憑著美色有翻盤機會，面對女子時雖然冷嘲熱諷，但也不敢把話說得太難聽。現在卻是完全沒了顧忌，邊說著不堪入耳的話，這些人邊獰笑著逼近王公子二人。

逸嫣然微微一笑，即使遭人辱罵，女子的語調依舊斯斯文文。只見她溫和有禮地說道：「各位，你們走錯方向了，回頭吧！」

上前抓人的林門弟子聞言大笑起來：「妳是嚇傻了嗎？我們……」說到這裡，囂張的笑聲倏然而止！

第五章 恐怖蠱術

屍煞破土而出，不約而同地仰天長嘯。
隨即撲向四周的林門弟子，一手插穿敵人頭顱！

不止這些人，就連林子揚，以及那些與白天凌等人對峙著的林門弟子，全像時間停頓了似地，維持著同一個動作，一動也不動。

詭異的狀況讓白天凌等人警戒起來，雖然他們要求林子揚把人交出來，但其實並不認爲對方有這個能力，只是一種試探王公子二人實力的手段。

如果林子揚能夠順利抓住人固然很好；即使對方失敗，也能引得王公子二人出手，到時候他們便能從中探知對方的虛實。

可是現在的狀況卻著實詭異了點，看情況，敵人確實出手了，可惜白天凌完全弄不清楚到底是什麼狀況！

未知的事情往往令人感到畏懼，尤其佟氏素來陰險。眾人全都手握武器，全神貫注地注意著林門弟子的狀況，尤其是擅使暗器與弓箭的人，更是已鎖定眼前的敵人，只要一出現異狀，便會立即動手！

「看！他們的眼睛！」

人群中傳來驚呼聲，眾人立即把注意力投放在敵人的眼瞳上。這些人的瞳孔正中位置出現一點非常深沉的漆黑，只見黑色迅速蔓延，不光是掩蓋了瞳孔原來的顏色，就連眼白也變得一片漆黑，看起來極其妖異！

此時，這些完全靜止下來的林門弟子，突然動了！

先前逸嫣然的話彷彿預言，卻又像是命令，這些本來準備抓捕她的林門弟子，全都實現她的話語，轉變了方向，向白天凌等人拚命攻擊。

林子揚離開林門弟子的庇護，緩步走至白天凌身前。這個貪生怕死的紈褲子弟彷彿突然間失去了名爲「恐懼」的情緒，悍不畏死地無視雙方實力差距，向白莊主攻去！

雖然林子揚向他出手時毫不留情，但對方身爲林門掌門也許還有用處，加上對方的武功對他來說完全不夠看，因此白天凌有心留對方性命。

面對林子揚的猛攻，他連武器都沒用，只是漫不經心地拍出一掌。

就在白天凌出手之際，身後的洛芠高聲警告：「這些林門弟子已全數受到蠱蟲控制，別徒手觸碰他們！也別讓他們的鮮血濺在身上！」

洛芠的警告已經很迅速了，可惜還是遲了一步。白天凌招式已老，想要收手已來不及。

就在白天凌這一掌正要擊在林子揚身上，對方突然往外飛出，卻是左煒天及時用刀背將林子揚抽飛出去！

雖然左煒天用的是刀背，但出手的力度卻是不輕。這一擊足以讓林子揚斷掉幾條肋骨、喪失活動能力，甚至他摔到地面時還折了腿，右腳的骨頭完全露了出來！

然而林子揚卻像沒事人般站起來，除了因爲斷腿，走路時有點失去平衡外，就像完全感受不到痛楚似地，再度向白天凌等人走去，漆黑一片的雙目無神得可怕。

四周與白天凌等人對峙著的林門弟子，狀況也與林子揚一樣，全都悍不畏死地衝上前，瞬間便與各大門派戰成一團。這些林門弟子無論受了什麼傷，只要還有一口氣，便像一個個感覺不到痛楚與恐懼的木偶般，再度投入戰場。

雖然白天凌一方的武林高手，無論人數還是實力都遠比林門的人來得高。但林門身爲武林中的大門派，本身實力也是不容小覷，即使因爲內鬨而元氣大傷，也是一根難啃的骨頭。現在林門中人被蠱蟲操控，不單沒有了恐懼與痛苦，力氣還大得驚人；再加上在洛芝的警告下，無論是敵人的身體還是鮮血，眾人都不敢觸碰，有所顧忌下，就連十分之一的實力也使不出來。

眾人之中唯一出手沒有顧忌的，就只有蠱物的剋星姚詩雅、曾受過屍塚湖水洗禮的宋仁書等人，以及洛家姊弟。

聽來人數似乎不少，但也敵不上林門人多啊！而且無論是神子、宋仁書，以及張雨陽，面對明晃晃的刀刃時，是沒有多少戰鬥力的。張雨陽還算好，至少他懂一些粗淺的拳腳功夫，對上林門的基層弟子還有一拚之力。至於宋仁書與姚詩雅……實在不提也罷。

戰鬥中洛芝往後一躍，來到一個比較空曠的位置。只見她右腳用力跺了跺地面，一股無法言喻的陰冷感覺像波浪般，從洛芝站立處往外擴散。

那些不畏痛楚與死亡的林門弟子，忽然像是感受到讓他們萬分恐懼的恐怖事物般，迅速遠離洛芝四周！

在眾人驚駭的注視下，十二隻蒼白得沒有絲毫血色的手，倏地從泥土伸了出來！

隨即這些向天的手臂按住地面，藏身在土地裡的身體猛然躍出地面，正是洛艾的十二屍將！

屍煞破土而出後，皆不約而同地仰天長嘯，其嘯聲完全不像人類會發出的聲音，反倒像是野獸的咆哮。隨即這些屍煞撲向四周的林門弟子，以合攏著手指的手作爲武器，一手插穿敵人頭顱！

靈族的屍煞全都是千錘百鍊而成，體質絕不是人類所能媲美。尤其洛艾身爲族長，她用來煉屍的資源無一不是最好的。十二屍將的肉體簡直是強悍的武器，骨頭的硬度甚至足以與葉天維的玄鐵劍相較！

屍煞把敵人頭顱貫穿後，並沒有立即抽手離去，而是把合攏的手指張開成爪，將敵人一部分腦袋生挖出來！

饒是白天凌等飽歷生死的人，也被屍煞的舉動弄得心裡發寒！

「洛姑娘，這……」白天凌有心阻止。雖說被蠱毒操控的林門弟子已沒有感覺與思維，可是屍煞的做法實在太過分了。殺人不過頭點地，敵人已被殺死，又何苦再毀人屍身？何況洛艾是自己兒子帶來的人，白天凌不希望經過這一役，讓靈族留下更爲殘暴不仁的印象。

面對著眼前令人毛骨悚然的場面，身爲始作俑者的洛艾卻是一臉氣定神閒，並出言打斷了白天凌想要阻止她的話：「不忙，白莊主再看下去便明白了。」

屍煞緊握的拳頭中傳出刺耳無比的尖叫聲。這種尖銳的聲音，即使在嘈雜的戰場中依舊清晰可聞。

洛艾向其中一名屍煞道：「阿一，你讓他們看看那些藏在林門弟子腦袋裡的東西。」

被稱爲「阿一」的屍煞張開手，首先映入眾人眼簾的，是一團又紅又白、血淋淋的腦漿。看到這恐怖的一幕，不少人移開了視線，不忍繼續注視這殘忍的畫面。

然而還是有人忍著噁心看下去，很快地，他們看到血淋淋的腦漿竟動了一下，裡面有某種東西以極快速度躍出，卻被彷彿早已知曉它的出現的阿一一手抓住！

眾人定睛一看，只見被阿一抓在掌心的，是隻狀似蠍子的生物。牠身上的甲殼黑得發亮，頭部長有一隻大大的獨眼，腹部伸出一些觸鬚，纏繞住屍煞的手臂，同時長有尖刺的尾巴不停戳著阿一的手。面對不畏劇毒、皮肉經過淬煉後刀槍不入的屍煞，這些攻擊只是徒勞無功。

相較於一臉驚疑的眾人，洛芠卻顯得很淡定。只聽她用著特有的軟糯嗓音徐徐解釋道：「這便是藏在林門弟子身上的蠱蟲。看到牠腹部的觸鬚嗎？這些觸鬚會分泌一種特別的物質控制人類的思維，將人變成受操控的木偶。只要這些蠱蟲不死，即使把人殺掉，那些身體仍能活動。」

眾人聞言後這才恍然大悟，原來洛芠指使屍煞做出如此殘忍血腥的攻擊是有原因的。一些剛才對洛芠心生不喜的人，不禁心裡一陣羞愧，向洛芠歉意一笑。

然而就在他們的笑容才剛勾起之際，便因屍煞一口將蠱蟲吞掉的動作僵住了！

難怪它們要挖人家的腦袋，敢情是爲了把蠱蟲活捉來當補品嗎？

靈族什麼的？眞是太可怕了！

雖然屍煞挖腦吃蠱蟲的舉動很噁心，但這種以戰養戰的方法無疑很有效果。得知敵人的弱點後，眾人的攻擊也變成集中在林門弟子的頭部。即使位置拿捏得不準，無法把藏在裡面的蠱蟲一舉擊殺，卻也能將其逼出宿主身體後再擊殺！

「快看！逸嫣然他們要逃了！」

一陣混亂中，有人眼尖地看到王公子與逸嫣然在林門弟子的掩護下退回林家大宅。

雖說林門的外圍已被眾人包圍得水洩不通，但作爲武林中成名已久的大家族，眾人並不懷疑他們的大宅裡有著逃生密道。

姚詩雅見狀，高呼道：「那二人交給我們吧！」

白天凌頷首：「林門的人我們會處理，神子，萬事小心！」

姚詩雅與神使一行四人，連同葉天維、張雨陽及白銀，向白天凌拱了拱手後，便要往王公子二人逃走的方向追去。

洛芝見狀也想要跟隨過去，可是十二屍將卻離不開她的指揮。最終她還是選擇顧全大局留下來，向張雨陽溫言叮囑：「小心。」隨即拍了拍身旁的洛明：「你陪著小陽子進去，要是他少了一根寒毛，我唯你是問。」

洛明真的覺得自己很悲慘。追著自己念念不忘的琉璃過來，不單被白銀打擊得體無完膚，一直暗戀著的少女竟是滅人滿門的殺人凶手。現在還被自家老姊抓差，要負責保護未來姊夫，還不能讓他少一根寒毛……

雖然很想反抗，但在洛芝凌厲的注視下，洛明最終還是屈服在對方的淫威之下，陪同張雨陽一起離開。

看著追上去的神子等人，逸堡主猶豫片刻，上前向白天凌道：「白莊主……」

白天凌嘆了口氣：「去吧！去與逸嫣然做個了斷吧！」

「謝謝！」逸堡主說不感動是假的，逸嫣然再壞，始終也是自己的女兒。雖然他早已對她心灰意冷，但別人還是少不了會懷疑他偏坦逸嫣然。

現在白天凌讓他跟著神子等人過去，無疑是對自己付出了極大信任。正因爲這股信任，讓逸堡主下定決心，這次絕對要清理門戶。他與逸嫣然的父女之情，早已在她陷逸明堡於不義時斷絕了！

何況逸堡主也很想知道，到底逸嫣然爲什麼要這麼做。身爲逸家的獨生女，逸嫣然從小什麼也不缺，爲什麼要成爲佟氏的爪牙？

要是不把這事情弄清楚，他一生都無法釋懷。

有著眾多武林高手的幫忙，神子一行人很快便順利殺出重圍，尾隨著王公子二人進入了林門府第。

雖然已失去二人蹤影，但小白獅對於蠱毒有著天生的感應。有了神獸的帶領，眾人很快便來到一條密道入口！

「可惡！林門果然有密道能通往外面！」被左煒天用輕功帶著的宋仁書，見狀惡狠狠地說道。

值得一提的是，現在左將軍都會自動自發地帶上他了，習慣眞是很不得了的東西啊……

白銀嘆了口氣，道：「本來再給我們一點時間，探子便能夠探聽到林門密道的位置，到時候便能夠安排人手在出口守株待兔。可惜因爲小琉璃的事情……」說到這裡，少年便住嘴不說了。

頓時一陣沉默充斥在密道裡，唯一的聲音，只有眾人奔跑時的腳步聲。

良久，就在大家以爲沉默會一直持續下去之際，姚詩雅打破了沉默：「白公子，這一次……你還是會一如以往般相信著琉璃姑娘嗎？」

對於這個問題，姚詩雅也說不上她爲什麼會特意詢問白銀。可即使琉璃的背叛是當事人親口承認的事，姚詩雅就是覺得白銀仍然相信對方有著不爲人知的苦衷。

「誰知道呢？」對於姚詩雅的詢問，白銀並沒有給予正面答覆，只含糊地說出一個模稜兩可的回答。

帶著張雨陽走在隊伍後頭的洛明，聞言不屑地撇了撇嘴。心想白銀一定如自己一般，屈服在鐵一般的事實下、不再相信琉璃了。既然如此，乾脆承認又怎樣？

洛明之所以會有這種心態，其實也是少年心性。因爲他根本不相信琉璃是無辜的，自然希望作爲情敵的白銀也與自己一樣。不然只有白銀一如當初般對少女一往情深，那不是顯得他對琉璃的感情好像很兒戲嗎？

姚詩雅還想追問，卻在看到前面站著的二人時，把要說的話吞回肚子裡。

王公子與逸嫣然二人竟然沒有繼續逃跑，而是選擇站在密道中等待他們！

別看逸嫣然斯斯文文的，看起來很嬌弱，無論是她或者王公子，都是身手不凡的高手。然而輕功卻不是二人所長，反正最終會被神子一行人追上，二人便乾脆不逃了。

雖然這次的突擊實在殺得他們措手不及，但二人也不是沒有底牌的，打起來鹿死誰手還未知曉呢！

要是姚詩雅已獲得完整的傳承，那麼他們也只有逃命的份兒。然而一個只有一半神力、並且對力量的運用懵懂無知的神子，他們並不太放在眼內。

見王公子二人不再逃走，跑在最前頭帶路的狻猊咆哮一聲，便要變回眞身。嚇得姚詩雅神色大變：「小胖，不要變身！」

開什麼玩笑！密道那麼狹窄的環境，要是狻猊在這裡恢復原來的形態，他們這些人絕對會被崩塌的密道活埋的！

對於神子的命令，狻猊只有服從一途。雖然因本能的驅使，小白獅很想衝上前與二人決一生死，可惜牠壓縮體型後實力大減，只能遠遠衝著王公子二人齜牙咧嘴地示威。

姚詩雅「收養」狻猊的日子已經不短，雖然還未到達心意相通的地步，但少女終究身具神力，只要使用神念感應，還是能夠與小白獅進行簡單的溝通。

小白獅自從看到王公子二人後，便一直表現出強烈戰意。姚詩雅本以爲是王公子是佟氏血脈的緣故，然而使用神念安撫焦躁的狻猊時，少女卻獲得一道令她震撼無比的訊息：「什麼!?逸姑娘是蠱獸!?」

沒理會神子一行人的震驚，二人自顧自地把視線看向小白獅肥肥白白的身子。王公子勾起嘴角，露出似笑非笑的神情；逸嫣然則是很不客氣地「噗哧」一笑：「小胖？妳竟然替神獸狻猊取這種名字，眞是太有才了！」氣得小白獅七竅生煙。

看逸嫣然一舉一動皆與尋常女子無異，張雨陽忍不住質疑：「她眞是蠱獸？」

姚詩雅遲疑著道：「我不知道……但小胖不可能認錯自己的宿敵。」

左煒天皺起了眉：「可是傳說中，蠱獸不是天下至醜之物嗎？還醜得把佟氏的人都弄死了。」

左煒天這番話說得很不客氣，可逸嫣然卻像聽著他們在議論著旁人般，神色絲毫未變。

逸堡主雙目通紅，狠狠瞪住氣定神閒的逸嫣然：「妳是蠱獸!?那妳把嫣然……妳把我的女兒怎樣了?」

逸嫣然沉默半晌，這才說道：「罷了，念在我們有過一段父女緣分，我就告訴你實情吧！她說得不錯，我正是由佟氏創造出來的蠱獸！」

牠至今仍記得清楚，首次張開眼睛時，觸目的便是一張張極度驚恐的臉龐。驚惶、畏懼、拒絕、瘋狂……那些創造自己的人的恐懼眼神，蠱獸終其一生也忘不了。

所有目擊自己容貌的人，不論男女老幼，無一倖免，全都帶著驚恐至極的神情氣絕身亡！

「怪……怪物！」

這是佟氏族人給予牠的唯一評價。

怪物。

牠很悲傷，「守護佟氏一族」是牠生存的目的，早在出生以前便已深深地植入靈魂深處。然而牠應守護的人，卻因爲自己的降生而亡，世上還有比這更諷刺的事情嗎？

從那天起，牠便一直留守在那個地方，伴隨著一眾佟氏族人的屍體。

牠木然地看著飼養於屍體體內的蠱，於宿主死亡後盡數破體而出。不出數日，堆積如山的屍體便被這些蠱蟲毫不留情地吞噬殆盡。

也不知道過了多久，一名少女來到這片被死亡詛咒的土地。

那是一名渾身散發著神聖氣息的美麗少女，她正是初代神子——被世人尊稱爲「落花仙子」的花月兒。

與神子一身彷如初雪般潔淨的氣息相較，蠱獸顯得更加污穢醜陋。即使沒有佟氏的教導，初生不久的蠱獸還是一眼便看出這素未謀面的外來者是牠的天敵、牠所要擊敗的敵人。

如同牠知道自己的使命是守護佟氏一族般，這是深入骨髓的本能。

即使佟氏已滅，也無礙牠與神子的驚天一戰！

最終蠱獸敗了，那名純淨得無法看見牠醜陋樣貌的少女，實力比牠高出太多太多，單以氣息便能感應出牠的所在位置，以深寒的冰塊把牠封印其中。

從此，便註定了北方的氣候。

北方的寒，是落花仙子最先設定的氣候。

此後牠一直被冰封在冰山裡，直至有一天，牠被佟氏的人喚醒。

蠱獸不知道自己在冰山裡沉睡了多久，只能從被封印削弱的力量中，得知那是非常漫長的歲月。

原來當年蠱獸出世，不論是本家還是家族分支，只要是擁有佟氏血脈的人全都聚集起來，共同見證著這歷史的時刻。

唯一缺席的，正是佟氏的當家夫人王玉華。

當天正巧是懷孕的王玉華的生產日，結果這名身分高貴的女子，以及她那剛出生的兒子便成了族群中的倖存者。

王玉華無法忍受本應屬於佟氏的領土被神子佔領，更把家族滅亡、土地被奪的仇恨全都推到落花仙子身上，甚至那些愛戴著神子的人民，也成了她的憎恨對象。

當年不少讚揚過神子的無辜平民慘遭王玉華的毒手，被人發現死於自家，死狀異常淒慘。可看出王玉華對花月國這個政權的恨意，已到達了瘋狂扭曲的地步。

王玉華一直沒有放棄奪回王權的心思，並且從小便把仇恨灌輸給唯一承繼佟氏血脈的兒子。

就這樣，佟氏的仇恨與野心一代一代地傳承下去。他們僞稱姓王、隱藏著自身足跡的同時，也努力尋找著解放蠱獸，以及解決牠猶如詛咒般外貌問題的方法。

不得不說，大陸上有很多物種的實力或壽命都比人類強。可是稱霸世界、足跡遍布每個角落的卻是人類，絕大部分原因，是人類的數量多，而且學習與應變能力比那些物種更加優秀的緣故。

在漫長的歲月中，佟氏一族尋找到最適合隱藏蠱獸外貌的方法，其實說白了就是「奪舍」。

所謂奪舍，在修行者中並不是什麼新鮮的事情。某些元神強大的修士在經過修行之後，元神便會逐漸變得凝固堅實。當他們的元神修煉至一定程度，即使肉身破滅死亡，仍能以靈魂的狀態生存下去。

這些強大的靈魂發現適合的肉身後，便會把內裡的靈魂強行毀滅，並把這軀殼據爲己有，從而獲得新的生命，這過程就是所謂的「奪舍」。

奪舍成功後，宿主便算是死了。然而人不爲己，天誅地滅，在復生的大前提下，又有誰會去憐憫那些倒楣的靈魂呢？

佟氏一族就更不用說了，爲了創造出蠱獸，他們毫不猶疑地獻出數千條人命作活祭，更遑論幾條向蠱獸提供軀殼的人命。

當蠱獸從封印中甦醒時，佟氏的血脈已凋零得只剩下一名僞稱姓王的少女。她便是將來的王夫人、王公子的娘親。

不得不說仇恨與野心眞的是很奇妙的東西，即使已經過漫長歲月、即使同族只剩下她最後一人，可是王夫人復國的野心卻是絲毫沒有動搖，不僅不下於她的先祖，甚至還更爲狂熱！

王夫人是個很謹愼的女人，她讓蠱獸殘留一絲元神於冰山內，製造出牠仍舊被封印著的假象。這絲元神，甚至還騙過了心血來潮帶著左右將軍到北方極地的紫霞仙子。直至多年後，殘留在冰山的元神消散，這才驚動了鎮守封印的護山神獸。當然，這些都是後話了。

雖然「奪舍」的確能解決蠱獸容貌的詛咒，可是牠的元神卻是世上最污穢劇毒之物。那些成爲牠容器的軀殼，不出數年，便會被牠的元神侵襲腐蝕。

於是牠只能不停地轉換寄居的身軀，而逸嫣然，正是牠掠奪的軀殼之一！

第六章　姚樂雅

此刻蠱獸的外貌已完全變成了另一個人，她有著一雙明亮的大眼睛，俏麗的臉上仍帶著少女的稚氣……

聽過逸嫣然的解釋後，逸堡主啞聲詢問：「妳是什麼時候吞噬嫣然的？」

逸嫣然道：「從一開始。」

「什麼!?」

面對逸堡主的質問，逸嫣然很有耐心地解釋：「從一開始，在她還是個初生嬰兒的時候，靈魂便已經被我吞噬了。」

逸堡主的臉色頓時變得煞白。蟲獸吞噬了他女兒的靈魂，是他的仇人。然而他從小寵著、看著她長大成人的，正正是殺害自己女兒的蟲獸！

他們在一起的時光、那些溫馨無比的回憶，現在回想起來卻像一場噁心的惡夢！

他竟然寵著殺了自己女兒的仇人，寵了這麼多年！

逸堡主只覺血氣翻騰，硬是把咽喉間湧起的腥甜壓下，問：「爲什麼選上嫣然？當時她只是個小嬰兒而已。」

逸嫣然顯然打算把事情說開，對於逸堡主的疑問，她回答起來毫不保留：「自從解開我的封印以後，佟氏便有了底氣，開始著手各種奪權的準備。我們需要一個武林世家作爲入侵武林的據點，這個家族一定要歷史悠久，有著深厚的根基，但勢力不能太大，以免惹人注意。另外，雖然我奪舍以後能從原主的靈魂碎片中窺探到對方之前的記憶，可是性格與生活習慣終究與原主不同。要是長期潛伏，很容易被原主的至親察覺到不妥，因此選擇一個性格還未定型的小嬰兒反而方便行事。正好當年逸堡主的千金剛出世，而逸明堡也符合我們的要求……」

「夠了！」逸堡主激動地打斷逸嫣然的話，雙目通紅地厲聲質問：「那我夫人當年難產而死，也是你們的手段嗎!?」

逸嫣然道：「這可不關我們的事，只是我奪舍的時候用了些手段讓接生婆失去意識，也許眞的耽誤了她的治療也說不定。」

聽到逸嫣然的話，逸堡主再也忍不住噴出一口鮮血，神情頓時萎靡下來。

祐正風扶住逸堡主搖搖欲墜的身子，宋仁書則上前罵道：「即使逸堡主不是妳的親爹，但他終究把妳當親生女兒疼愛了那麼多年，結果卻被妳一盤又一盤的髒水潑過去，妳的良心都被狗吃了嗎!?」

逸嫣然笑道：「我本就沒有『心』，自然也不知道『良心』到底是什麼。」說罷，逸嫣然突然衝上前，攻向說話的宋仁書！

這個年輕書生可說是神子那方的最大弱點，他不單不懂武藝，而且身分尊貴。最難得是往前走了兩步的宋仁書，正好處於逸嫣然的攻擊範圍裡，她又怎會放過這大好機會？

只要能夠把宋仁書抓到手，逸嫣然不怕對方不投鼠忌器！

逸嫣然的身體散發出一股陰暗的死氣，在她行動的同時，密道的地面也浮現出一群狀似蜘蛛、長有八足、背有肉翅的蟲蟲，紛紛往想要營救宋仁書的左煒天等人攻去！

然而在逸嫣然將要抓住宋仁書之際，卻見青年原本慌亂的神情，變成了得逞的笑容。

宋仁書也不傻，相反地，他還非常非常聰明。他自知在武力上只能幫倒忙，因此這次前往林門，他早已做好了一番準備。

他確實是整個團隊最大的弱點，但有時只要安排得宜，缺點就會變成優勢！

一股充滿神聖與莊嚴的氣息，從青年身上散發出來！

這是能夠擊退萬邪的浩然正氣！

天地有正氣，雜然賦流形。下則爲河嶽，上則爲日星。於人曰浩然，沛乎塞蒼冥。

與武者旺盛的血氣不同，讀書人有著一身浩然正氣，能讓萬邪退避。雖然這種力量對人類無效，但面對妖邪卻有著致命的攻擊力！

浩然正氣正是妖邪的剋星，對蠱獸來說，更是除了神力以外，在世間唯一懼怕的事物！

逸嫣然大驚失色退後之際，一道金光從宋仁書手中射出，直直照在她的身上。

「樂雅！」王公子神色一變，連忙衝上前把逸嫣然拉入懷內，用自己的身軀遮掩住迎面而來的光芒。即使如此，蠱獸也在這一擊下受到重創，身上彷彿被硫酸侵蝕過，一層層血肉從身上剝落，瞬間便從水靈的少婦化成了如修羅厲鬼般恐怖。

此時左煒天已趕至宋仁書身邊，看到王公子抱住蟲獸便要退開，冷笑喝道：「留下來吧！」揮劍便往二人斬去！

王公子皺起眉，這位素來不露山水的男子，首次展露出他高強的身法，雖然速度不算快，但騰挪的角度卻非常巧妙詭異，竟讓他避過了致命一擊，只有手臂位置被劃出一道口子。

「往哪裡跑!?」一擊不中，反手間，左煒天手中的大刀便轉換一個角度，再次往王公子二人斬去。這靈巧刁鑽的攻擊，實在很難讓人相信是用笨重的大刀使出來的。

正在逃離的王公子忽然回首看了左煒天一眼，只見他那雙深邃的黑色眼瞳透露出一道如刀鋒般銳利的寒光。在對方注視下，左煒天竟發現內力變得無法控制，要是強行催動，甚至覺得會走火入魔！

左煒天大驚之下，出刀的速度立即緩慢了半分，讓王公子二人順利脫離。

那道讓蠱獸受到重創的金光，依舊像附骨之蛆般，尾隨著逸嫣然移動。只見宋仁書手握著一面精緻的銅鏡，正是這小東西射出來的光束，令蠱獸吃了一記悶虧！

當年紫霞仙子曾爲左右將軍煉製了兩張神弓，自然不會厚此薄彼地將宋仁書落下。

這面銅鏡名爲「破魔鏡」，同樣經過紫霞仙子的神力改造，能夠照出妖邪的眞身。無論僞裝得再好、法力再高強的妖物，在這小東西面前也會無所遁形。

除了有著識破僞裝的妙用外，鏡子裡的神力還能夠反射任何法術。揉合書生特有的浩然之氣，破魔鏡把敵人照出原形後，鏡面射出的金光便會開始焚燒其神魂，是對付妖邪的利器！

當然，這也是因爲蠱獸的神魂已被多年的封印削弱至極，破魔鏡才能對她造成威脅。要對上的是全盛時期的蠱獸，其強大的元神可不會輕易被毀。

祐正風爲人細心謹愼，當蠱獸被破魔鏡照得皮開肉綻時，青年突然神色大變地朝宋仁書大喊：「三弟！快點把破魔鏡收起來！」

宋仁書愣了愣，隨即也像想起什麼似地，一臉慌張地將破魔鏡收了回去，臉上露出劫後餘生的神情。

左煒天問：「明明形勢大好，爲什麼要把破魔鏡收回？」

宋仁書仍心有餘悸地拍了拍胸口，解釋：「萬一蠱獸被破魔鏡照出原形，她的神魂固然會被破魔鏡照成灰燼，但我們全部人也要跟著陪葬啊。」

左煒天這才想起蠱獸那醜陋至極的容貌，可是強悍得能把整個佟氏滅族，不禁嚇出一身冷汗。

看到宋仁書把銅鏡收了起來，王公子這才放開懷中的蠱獸。只見披著逸嫣然人皮的她，渾身上下已沒有一處完好的地方，劇痛讓她發出猶如野獸般的慘叫聲。

「宋仁書……你暗算我！」蠱獸現在也懂了，從一開始，宋仁書這個看似無害的人追上來，並特意上前讓自己處於易被偷襲的位置，這一切全都是早有預謀的。一環扣著一環，就是爲了讓她自個兒往破魔鏡上撞去！

雖然不能繼續使用破魔鏡，卻不妨礙宋仁書把敵人氣個半死，只見青年得勢不饒人地笑道：「誰教妳蠢呢？」

「你！」蠱獸怒氣攻心，動作一大便牽動到身上的傷口，痛得直喘氣，接下來想要罵人的話卻痛得再也說不出來。

「王公子，剛剛……你喊她作『樂雅』？」姚詩雅一臉驚訝地瞪大雙目，她想不到竟然會在這裡聽到小妹的名字！

可是，琉璃明明已經承認了她就是姚樂雅，那蠱獸……到底是怎麼一回事？

可惜神子的詢問卻沒引起王公子的絲毫注意，男子逕自垂首察看逸嫣然的傷勢，看也不看神子一眼。

看著逸嫣然血肉模糊的傷勢，王公子臉上的沉穩與冷靜終於出現裂痕：「妳別再固執了，即使讓她知道妳的身分又怎樣？那是她欠妳的，妳根本不用在她面前偽裝什麼！」

逸嫣然沉默片刻，然後在眾人驚嚇的目光中，她這個活生生的人，竟像遇上太陽照射的冰雪般，融化了！

層層皮肉融解、剝落，再重組成新的身體。整個過程雖然不長，卻異常血腥恐怖。即使是從屍山血海戰場中走過來的左右將軍，也看得一陣頭皮發麻，姚詩雅等人更是嚇得幾乎快暈厥。

融解的血肉迅速重組成別的樣子，新的皮膚光潔亮麗，再也沒有先前受到重創時的傷痕。長裙上的鮮血甚至也回溯至新的軀殼裡，鵝黃色的衣裙淡雅如初，剛剛那血腥的一幕彷彿只是場幻覺。

此刻蠱獸的外貌已完全變成了另一個人，她有著一雙明亮的大眼睛，俏麗的臉上仍帶著少女的稚氣。

「琉璃姑娘!?」

姚詩雅掩嘴驚呼，其他人也是一臉不可思議的神情。

仔細一想，王公子在危急關頭喚逸嫣然爲「樂雅」，而琉璃也在討伐林門的武林大會中，親口承認她便是姚樂雅。

所以……姚樂雅、逸嫣然、琉璃、蠱獸，根本是同一個人!?

姚詩雅步伐踉蹌地後退數步，臉上滿是愴然地喃喃自語：「不會的……琉璃姑娘，妳……妳是蠱獸……這怎麼可能!?」

同樣震驚的宋仁書，腦中靈光一閃，問道：「姚樂雅就是琉璃，她已經被妳奪舍了？」

蠱獸笑道：「你這樣說實在太失禮了！我並不是空有這個女孩的軀殼，我就是姚樂雅。」

一旁的白銀不禁想起自己與琉璃互通心意的那個晚上，少女向他剖白時，便曾說過一番類似的話。

「我不是姚樂雅，至少『不完全是』。」

琉璃……不！姚樂雅見姚詩雅露出無法置信的痛苦神情時，雙目閃過一陣快意：「我可沒有騙妳，『姚樂雅』的確是我除了原形以外的另一個本相。說起來，我之所以會變成現在這樣，正是拜妳的娘親所賜呢。」

姚樂雅冷笑著，把她與蠱獸的事情娓娓道來。

蠱獸會遇上姚樂雅，其實只是一場意外。

當時牠獲得一副新的身體不久，這副軀殼既健康又美麗，足以使用數年。然而於森林中偶然遇上那名被野狼包圍的小女娃時，卻讓蠱獸見獵心喜。

這孩子面對狼群的圍攻卻並未絕望，炯炯有神的雙目仍然充滿著求生的意志。蠱獸突然對她的靈魂很感興趣，如此強悍的靈魂，一定非常美味吧？

見獵心喜的蠱獸，猶疑過後決定放棄這副剛獲得的健康軀殼，搶奪一具幼小、且受了重傷的軀體。

奪舍之際，蠱獸遇上意料中的強悍反抗。靈魂的強度取決於心靈上的強弱，與肉體的強悍無關。小孩子本就是魂魄最純粹的時期，再加上姚樂雅心性堅毅，又正處於痛失至親、含冤受屈之時，這些磨練，讓她的心志比常人堅定百倍。

就在蠱獸全力吞噬對方的靈魂時，一道充滿神聖氣息的力量卻被蠱獸喚醒，倏地於姚樂雅的靈魂深處爆發出來！

這股力量蟲獸並不陌生，竟是牠最爲畏懼的神子神力！

其實說這是神子的神力並不正確，那充其量只能稱之爲印記。是天神烙印在下任神子身上、潛伏於她靈魂深處的一絲細微神力。

這個牠心血來潮想要奪舍的孩子，竟是被選中的下任神子！

如此微弱的神力，在往常，蟲獸絕不放在眼內。可是在奪舍期間出現，卻變得非常致命。

最後，雖然牠終究憑著強悍的實力將女孩的靈魂強行撕裂，可是在神力的保護下，姚樂雅那破碎的靈魂並未消散，有部分甚至強行與蟲獸的元神融合在一起！

融合瞬間，蟲獸的元神幾乎因衝擊而迷失了自我，分不清自己到底是誰。

當牠回過神來，姚樂雅的靈魂碎片已與自己的元神完全融合。從此以後，牠便是姚樂雅、姚樂雅便是牠！

這一次心血來潮的奪舍，造成了神魂融合這個意料之外的結果，然而對蟲獸來說，壞處還不單是這些。

雖然與蠱獸融合後，姚樂雅的靈魂不再純正，卻依舊蘊含一絲神力。正因爲這絲神力，限制了蠱獸，讓牠無法再度奪舍。只要牠的靈魂試圖脫離這個身體，便會立即感到撕心裂肺的痛楚！

也就是說，牠的神魂只能困於這具軀殼中，經歷人類的生老病死。

幸好禍福相依，憑著這微弱的神力，這具身體竟然能夠自行修復蠱獸毒性帶來的傷害。

至少在這具軀殼老化衰弱前，牠還有數十年的時間可以使用。

融合了姚樂雅的感情與仇恨的蠱獸，把手按於左胸的心臟上，有著小女孩身軀的牠輕聲低喃：「這仇恨我會一直記掛在心裡，直至姚家的最後一人死絕爲止！」

從此以後牠不單是佟氏的蠱獸，還是姚家的三女姚樂雅！

聽過蠱獸……或許應該稱之爲姚樂雅的敘述後，眾人沉默了。

雖然姚詩雅也能夠猜測得到妹妹流落在外時一定吃了很多苦頭，但姚樂雅的遭遇卻是超乎自己的想像！

她竟然差點落到神魂俱滅的下場！

看著眼前融入姚樂雅靈魂碎片的蠱獸，姚詩雅再也無法對其生出敵對的意志。王公子說得對，是姚家欠她的！

身為姚家的一分子，面對姚樂雅的仇恨，她無法置身事外。因為她流著姚老夫人的血，因為當年她雖然待小妹不錯，卻從未全力為對方做過什麼！

張雨陽的神情同樣複雜。他本已做好打算，遇上將張家滅門的仇人，他必定要質問對方為什麼如此殘忍。他還要把張成的難處告訴對方，至少讓凶手知道當年張成之所以昧著良心做出這種決定並不是為了錢，而是因為想救獨生子的性命。

可是看著姚樂雅那雙彷彿燃燒著火焰般、充滿恨意的雙目，他突然發現自己為父親辯護的理由竟如此蒼白無力。無論當年張成的理由再冠冕堂皇，但他確實毀了這個女孩的一生，這是毋庸置疑的事情。

至於說到質問姚樂雅的手段為什麼如此狠毒，在得知對方的靈魂與蠱獸融合以後，這問題根本不用詢問了。蠱獸作爲佟氏的終極武器，又怎會是心慈手軟之輩？

神使三人組則露出了萬分爲難的神情，他們本已有了姚樂雅與佟氏一族狼狽爲奸的心理準備。但事實卻比想像的更加糟糕，身爲下任神子之一的姚樂雅，竟然正是佟氏的蠱獸！

想到這裡，左右將軍看向蠱獸的眼神，帶有強烈的殺意。

因爲神力必須由姚樂雅自願獻出，才能與姚詩雅合而爲一，不然即使把她殺死，那一半神力也會再度寄生至其他宿主身上。所以宋仁書他們本來打算嘗試能否以利益與誠意打動姚樂雅，讓她交出身上的神力。可是現在得知少女已經與佟氏的蠱獸融爲一體，這已經是不可能調和的矛盾了。

最乾脆、同時也最一勞永逸的方法，便是把姚樂雅殺掉。寧可讓姚樂雅身上的神力轉移至其他軀殼後，他們再度展開旅程去尋找另一個神子，也不願意受到蠱獸的威脅！

遠古時期的蠱獸強大得連神子都殺不死，但牠終究是凡間的生物，這世間沒有任何事物是永生不滅的。受到落花仙子重創，再加上被封印了多年、大幅削弱力量後還與凡人的靈魂融合，現在的蠱獸眞眞應了「落毛的鳳凰不如雞」這句話。

要是眾人聯手，屠殺蠱獸也不是不可能的事情。

可就在他們殺意沸騰之際，卻不期然地想起與琉璃一起旅行的時光，心裡生出一絲不忍。

那個活潑愛笑、喜好看熱鬧、無風尙起三尺浪的小姑娘，難道只是一個幻影嗎？

她對神子的關心與守護、她與白銀的感情，這一切的一切全都只是個騙局？

可是，這根本不合理啊！要是沒有了琉璃，他們的旅程也不會如此順利。琉璃曾多次幫助他們脫離危險，也曾經出手瓦解過佟氏的陰謀。

如果琉璃眞的想要殺死姚詩雅，她根本不乏下手的機會。光是一開始她對中毒的姚詩雅不管不顧的話，也夠神子受的了。

這段旅程中，與其說琉璃把姚詩雅視爲仇人，倒不如說她們是對無所不談、非常親密的閨中密友，感情甚至好得像是親姊妹。雖然事實上，她們真的是同父異母的親姊妹。

思考著姚樂雅的問題時，眾人也察覺到白銀的反應很奇怪。在看到蠱獸變化出琉璃的容貌後，就連那個對琉璃有著懵懂愛慕的洛明，也露出深受打擊的神情，可是作爲「正室」的白銀卻表現得無動於衷？

明明朝思暮想的小琉璃就站在他面前，可白銀卻沉默以對，這怎樣看都不像他的個性。

何況……宋仁書他們看了看蠱獸，再看了看王公子，總覺得二人之間有著旁人無法介入的默契，甚至還有著似有若無的曖昧……

白銀該不會被甩了吧!?

所以，琉璃不光欺騙他們所有人，還玩弄了純真少年的感情嗎!?

眾人向默不作聲的白銀投以憐憫的眼神，心想他大概是被打擊到說不出話來了吧？還眞是個可憐的孩子……

對於神使三人組來說，白銀這種態度反倒是好事。畢竟熱戀中的男女都是盲目的，要是少年怎樣都不讓他們傷害蟲獸，那他們真的不知道該怎麼辦了。

至於葉天維，猶豫片刻後暫時選擇了抱持著兩不相幫的態度。

宋仁書道：「無論如何，我們先把人留下再說。破魔鏡能夠剋制蟲獸，但對王公子我就沒有其他辦法了。身爲佟氏餘孽，他必定習得佟氏的祕術『魔瞳』，你們有把握嗎？」

左煒天冷笑一聲：「剛剛我已經試過魔瞳的力量，那確實很厲害，而且讓人防不勝防。但威力卻遠沒有文獻記載來得強大，我一個人足以應付。」

宋仁書笑道：「那你們加油啦！」

隨即青年便拿著破魔鏡退開到戰線後，隨時準備放冷箭的意圖很明顯。

王公子挑了挑眉：「宋丞相，你與樂雅只過了一招，勝出後便要退了嗎？這也太失風度了吧？堂堂一國丞相，竟然連與一名小女子對戰的勇氣也沒有，只會在一旁偷襲嗎？」

面對王公子的嘲諷，宋仁書卻以理所當然的語氣、神態自若地回答道：「沒辦法，誰教破魔鏡那麼適合用來偷襲呢？激將法對我可沒有用喔！我才沒有那麼傻！」

聽到宋仁書說得如此理直氣壯，王公子便不再說話。他確實不覺得宋仁書的做法有多卑鄙，在戰場上，任何有利生存的手段都不應浪費，只有活下來才是最重要的。

之所以這麼說，也只是想刺激一下宋仁書，看看能否激得對方回到前線。可惜宋仁書這位年輕的丞相大人，臉皮卻是出乎意外地厚啊！

第七章　解除誓言

小琉璃，我曾詢問妳是否為姚樂雅，那時候妳回答「不完全是」。現在妳應該可以解釋一下了吧？

沒有任何預兆，姚樂雅與王公子各自朝左右將軍二人攻去！

想不到姚樂雅與王公子的默契已到達完全不須用眼神交流的地步。幸好左右將軍一直凝神戒備，才不致手忙腳亂。

姚樂雅瞬間來到祐正風面前，她的手中不知何時已握著一條黑色長鞭。仔細一看，這長鞭竟是由無數細小的蟲蟲聚集而成！一股腥臭瘴氣伴隨著甩動的長鞭而來，要不是祐正風的身體受過屍塚湖水的改造，只怕單單長鞭引起的瘴氣，便足以讓祐正風中毒，失去戰鬥能力。

最可怕的，便是聚集成鞭子的蟲蟲可以隨意分離，牠們只要逮到機會，就會脫離主體往祐正風身上躍去，試圖鑽進對方體內。

這讓祐正風不得不花費更多內力抵抗蟲蟲的侵襲。畢竟他雖然變得百毒不侵，卻不代表無懼物理性攻擊，被蟲蟲在體內鑽出幾個洞，一樣會死的！

右將軍與姚樂雅鬥得難分難解之際，左煒天與王公子也已交起手來。這位於江湖中名聲不顯的王公子，戰力竟與大名鼎鼎的左將軍旗鼓相當。偶爾使出的佟氏祕術「魔瞳」，也能獲得不錯的效果，這法術能夠迷惑敵人心智，使其內力不受控制。每每左煒天都是不得已地移開視線，久而久之，竟成了王公子把人壓著打的局面！

至於退到戰線外的宋仁書也沒有閒著，他手中的破魔鏡就像附骨之蛆一般鎖定著敵人，隨時準備在對方粗心大意時來個致命一擊。

宋仁書出手次數並不多，但每次都把時機掌握得很好。即使無法對敵人造成傷害，往往也能夠解除同伴的危難。

姚樂雅想不到自己竟被一個手無縛雞之力的書生逼到這個地步，不禁鬱悶不已，只想將宋仁書千刀萬剮，以洩心頭之恨！

又看到姚詩雅被眾人穩穩保護著，更覺心頭的恨意幾乎讓她失去了理智。沒有道理、無法抵抗，那是埋藏在靈魂深處最深刻的情感！

憑什麼在自己苦苦掙扎於生死的時候，她卻過著錦衣玉食的生活？

憑什麼在自己與敵人生死相搏的時候，她卻被同伴保護著？

憑什麼!?

姚樂雅很清楚這是遷怒，很清楚姚詩雅其實也是無辜的，但那又怎樣？她只知道唯有盡滅姚家所有的人，才能熄滅靈魂中燃燒著的復仇之火！反正復仇，本來就是沒有任何道理的事情！

一直與左煒天對戰著的王公子，深邃的眼瞳再次透露銳利的寒光。左煒天連忙移開視線，失控的內力這才平復下來。

趁左煒天移開視線的瞬間，王公子捨棄了身前的對手，反手便把手中的長劍往一旁的祐正風斬去！

此時祐正風正與姚樂雅鬥得難分難解，對王公子的偷襲根本已來不及回防，只得使出輕功往旁掠去，險險避過了對方的一擊。

就在祐正風讓開身子之際，姚樂雅身前便豁然開朗，只見她雙目閃過一陣陰狠，不顧一切地往姚詩雅衝去！

雖然姚詩雅有結界保護，然而看到姚樂雅攻向神子，宋仁書還是毫不遲疑地使出了破魔鏡。同時，護在姚詩雅身旁的小白獅與葉天維也一改先前旁觀的態度，一臉警戒地準備隨時出手。

又是這樣！這個人總是什麼都不用做，便能享有很多旁人求之不得的東西……她總是高高在上地用憐憫的眼神看著我，憑什麼？爲什麼我們同爲姚家的小姐，命運的際遇卻如此迥異!?

曾經，她以爲姚詩雅是姚家之中，除了娘親以外對她最好的人。可是在她最需要幫助的時候，這個她曾經最信賴、最喜歡的姊姊卻沒有勇氣出面保護她。

姚詩雅的背叛，相較於姚老夫人的手段，更傷她的心。

原來所謂的親情、所謂的牽絆，也只是她的自作多情。

姚樂雅只覺得自己的靈魂一直受著烈焰的煎熬，只有仇人的鮮血，才是這燃燒著復仇火焰的靈魂唯一的救贖。

神子又怎麼樣？這個人，這個背叛她信任的人必須死！

凝聚成長鞭的蠱蟲瞬間往四面八方散落，彷彿一陣由無數蠱蟲化成的黑雨。然而神力與浩然正氣不愧爲妖邪的剋星，即使蠱蟲的數量再多，也無法對他們造成任何傷害。

然而這些蠱蟲還是成功拖住了宋仁書等人，爲姚樂雅爭取些許時間。只見她取出一顆潔白光潤的明珠，用力將珠子捏碎！

這顆珠子正是由天道誓言實體化而成，破碎時引起的天道之威讓萬物退避。無論是姚詩雅還是宋仁書的力量，在面對天道之力的時候，便像小海納百川般被天道的力量所抵銷，瞬間就連姚詩雅的結界也消散無蹤。

眾人突然想起，琉璃曾說過因爲她立下了天道重誓，所以很多事情不便向他們說明。當得知少女便是姚樂雅，眾人皆以爲這只是琉璃的一番託詞，現在看起來卻是眞的。

而且姚樂雅竟然還巧妙地利用天道誓言破碎時所引發出來的天道之力，抵銷神子與宋仁書的力量。這突如其來的狀況，讓眾人始料未及，姚樂雅卻趁著這機會衝至姚詩雅身前，嘴角泛起殘忍的笑容，運起十成功力的一掌便往神子身上拍去！

「詩雅！」

眼看姚詩雅便要命喪敵人之手，葉天維目眥盡裂，什麼也不管不顧地全力撲過去，試圖以自己的身體來爲戀人阻擋這致命的一掌！

然而，有人卻比他更快！

一把短劍橫擋在姚詩雅身前，要是姚樂雅這一掌劈下去不但無法傷敵，而且手掌勢必被短劍一分爲二。她咬了咬牙，只得放棄這個難得的機會收掌退去。

此時葉天維也趕來了，戀人差點兒喪命讓青年的神色變得陰沉，出劍招招狠辣，逼得姚樂雅節節敗退！

從鬼門關走了一趟的姚詩雅並沒有把注意力放在戰場上，而是一眨也不眨地盯著身前人的背影。就是這個纖瘦又熟悉的身影突然出現在自己身前，爲自己擋下了迎面而來的一擊，救了自己性命。

姚詩雅呆呆看著眼前人轉過身來，救命恩人是個比她年紀還要小的小姑娘，容貌俏麗，臉上掛著明亮的笑容，大大的琥珀色眸子滿含真誠的笑意與關懷，令人心生暖意。

「琉璃姑娘？」姚詩雅無法置信地看著眼前這張熟悉的臉龐，隨即把視線投放在與葉天維對戰著的姚樂雅身上。二人無論身材與容貌都一模一樣，只有神態與氣質才能察覺出絲毫差異。要不是有所比對，饒是以姚詩雅對琉璃的熟悉，也完全分不清楚到底誰是誰！

而且最大的問題是——怎麼會出現兩個一模一樣的人!?

琉璃笑嘻嘻地反手，短劍便瞬間消失，不知道又被她藏在哪裡了。「怎麼了？一段時間不見，詩雅姊姊妳便不認識我了嗎？」

見對方一如以往般的親暱態度，姚詩雅眼眶一紅，差點便要流下淚來。

宋仁書快步上前，硬是插在琉璃與姚詩雅之間：「妳是琉璃姑娘？那那個自稱姚樂雅的女子又是怎麼回事？妳怎會出現在這裡？是用那個轉移的法術嗎？可葉兄不是說這門法術須要獲得別人回應，才能成功穿越空間嗎？到底是誰……」

宋仁書連珠炮地詢問了一堆問題，然而看到面露歉意笑容、走到琉璃身邊的白銀時，青年的詢問倏地而止。

到底是誰回應了琉璃的呼喚，這個答案已經很明顯。

琉璃向白銀露出燦爛的笑容，琥珀色的眼珠閃閃生輝的，好看極了：「小白你總算沒有讓我失望。要是你沒有理會我的呼喚，看我揍不揍你！」說罷，少女還俏皮地向白銀比了比自己的拳頭。

白銀伸手握上琉璃的拳頭，少年擅長暗器的手指修長漂亮，琉璃的手卻是小小的，被白銀包裹在掌心裡。

白銀笑道：「小琉璃妳忘記了嗎？在我們相識的時候，因爲我對妳的不信任而差點兒釀成大禍，還讓妳受到傷害。後來我便向自己發誓，這輩子絕不會再懷疑妳的話。」

「我沒有忘記，所以我連葉師弟都沒找，選擇聯繫小白你。」琉璃笑著鬆開拳頭，手卻立即被白銀牽上。少年對自己的信任讓她感到很窩心，因此琉璃便默許了白銀這個得寸進尺的舉動。

雖然琉璃剛剛救了姚詩雅一命，但宋仁書卻沒有放鬆對少女的警戒。這女孩曾自稱是姚樂雅，長相與蠱獸一模一樣，宋仁書無法信任對方。

即使現在看到琉璃與姚樂雅是完全不同的兩個人，但宋仁書仍然無法釋疑，心裡的疑問反而變得更多了。

自從琉璃現身後，姚樂雅便顯得心不在焉，彷彿非常畏懼這個總是一臉笑容的小姑娘。在戰鬥中不專心的後果，便是身上很快便掛了彩。

王公子見狀，恨鐵不成鋼地罵道：「樂雅，那只是個亡魂，妳何以畏懼她？」

聽到王公子這句耐人尋味的話，姚詩雅抓住琉璃的衣袖，問：「琉璃姑娘，到底是怎麼一回事？妳說……妳就是小妹。可是蠱獸卻又說小妹的靈魂早已與她融合了。」

琉璃想拍拍姚詩雅的肩膀，告訴她放鬆一點，然而看到宋仁書那緊張兮兮的目光後，終笑著搖了搖首，把半舉的手放下。

琉璃並沒有立即回答姚詩雅的話，而是朝戰鬥著的眾人喊道：「先停下來，歇一下如何？」

除了葉天維略微猶豫後，聽話地退出了戰線，其他四人卻是誰也沒有罷手。難得形勢大好，左右將軍自然想要乘勝追擊地擊潰敵人。王公子二人雖然有心停下來重整旗鼓，可惜左右將軍並未給予二人這個機會。

琉璃挑了挑眉，隨即露出惡作劇的笑容，往空中拋出一樣東西，笑道：「看你們還敢不敢不聽話！」

琉璃拋出來的是一個精緻的繡花袋，上面的刺繡非常精緻，仔細一看，繡花袋竟是以珍貴無比的雪花天蠶的絲線編織出來，這絲線織出來的物品不畏水火，且堅韌異常，是非常珍貴稀有的寶物。

王公子與姚樂雅疑惑地看著被少女拋上半空的繡花袋，猜不透琉璃這麼做的用意。

左右將軍則在看到繡花袋時神色大變，躍起將繡花袋抄到手中後便退出戰線，仔仔細細地檢查了一遍後，便情急地詢問：「妳怎麼會有這東西？」

這個繡花袋，正是紫霞仙子的貼身物品！

琉璃聳了聳肩，道：「因爲上一任神子紫霞仙子，就是我的師父嘛！」

眾人聞言，皆露出震驚不已的神情，只有宋仁書早已對紫雨煙與鬼王的關係有所懷疑，且當初在琉璃取出定神丹時，青年正好注意到少女用來存放丹藥的繡花袋與紫霞仙子所用的樣式很像，因此神情倒還算淡定。

祐正風心細，察覺到宋仁書的反常，詢問：「三弟，你是不是有事瞞著我們？」

宋仁書有點心虛地小聲說道：「其實……其實在鬼王闖進碧華殿時，紫霞仙子看起來像是故意跟對方走似地，當時我已經覺得有點奇怪了。」要不是有外人在，宋仁書要顧及對上任神子聲譽的影響，他差點兒便想說是紫霞仙子向鬼王投懷送抱了。

左煒天罵道：「你在胡說什麼？這怎麼可能!?而且這麼重要的事情，你怎麼現在才說!?」

「這不正是因爲事關重大嘛，而且我又沒有證據，這只是我的猜測。要是我如實相告，你們會聽嗎？我豈不被你罵死！」宋仁書一臉委屈地反駁，堵得左煒天說不出話來。

沉默半晌，神使三人組不約而同地轉向琉璃：「到底怎麼回事!?」

琉璃笑著解釋：「其實師父與師伯早已兩情相悅，無奈二人因爲身分的問題無法長相廝守。所以……」說到這裡，少女聳了聳肩，沒有繼續說下去。反正接下來的事情他們也該猜到了，她也就不說出來刺激他們。

難道告訴他們，這些年來花月國與鬼之國之所以一直處於敵對狀態，是因爲那兩位互不相讓、且同樣高傲的人在打情罵俏嗎!?

左煒天咬牙切齒地質問：「他們在一起多久了?」

琉璃答得爽快，一點兒也沒有爲自家師父、師伯遮掩的意思，甚至還有點看戲的意味：「我也不清楚，不過十年前我被師父撿走的時候，他們已經在一起了。」

假裝看不到一臉青筋的左煒天已把繡花袋捏得變了形，琉璃道：「事件結束以後，你們再去找師父算帳吧！現在先別問了，我有更重要的事情要說！」

雖然宋仁書等人仍不完全相信琉璃，但少女拋出的繡花袋卻是作假不得，而且一旁的葉天維也作證，琉璃的確是紫霞仙子的弟子！

因此左右將軍沒有再向王公子二人攻擊，想看看琉璃到底想說什麼。

他們不動，王公子也乘機拉著一臉忐忑的姚樂雅退到一旁，爭取時間來恢復體力。

「小琉璃，我曾詢問妳是否爲姚樂雅，那時候妳回答『不完全是』。現在妳應該可以解釋一下了吧？」對於琉璃的身分，白銀所知的其實並不比其他人多多少，但少年卻是毫不介意地站在琉璃身旁，彷彿無論琉璃有著怎樣驚世駭俗的身分，白銀都會堅定不移地與她並肩。

看到二人的互動，洛明難堪地移開視線，他知道自己已失去了與白銀爭奪琉璃的資格了。

他確實不如對方。

眾人的注意力全都放在琉璃身上，誰也沒有留意到洛明的黯然傷神。而這一次，琉璃對於自己的身分之謎再也沒有任何推搪：「當然，我特意使計讓她自願解除誓言，便是因爲想要把所有事情原原本本地告訴你們。」

說罷，少女看著張雨陽，嘆息了聲：「尤其是張大哥，只希望這些眞相能夠解開你的心結。」

張雨陽想不到琉璃會這麼說，不禁有點意外，隨即感激地朝少女點了點頭。

「其實……」眾人皆屏息靜氣等待著琉璃的解釋，怎料少女只說了兩個字，便歪了歪頭問道：「對了，你們知道蠱獸的身分了沒？」

白銀頓時洩氣，無奈地抗議：「她說了……小琉璃妳直接說妳的事情就好。」

琉璃嘀咕：「可是我的事情與蠱獸有關，我想看看須不須要從頭說起嘛……好吧好吧，我現在立即說！你們別用這種幽怨的眼神看我。」

「在我……呃，就是姚樂雅小時候，靈魂化成碎片，部分更與蠱獸的元神融合，於是蠱獸繼承了姚樂雅的部分性情、記憶與仇恨。蠱獸便是姚樂雅，而姚樂雅便是牠。」

「因爲姚樂雅的天命本應爲下任神子，靈魂有著天神的烙印。這股微弱的力量除了保住她破碎的魂魄沒有立即消散外，更引來師父……也就是紫霞仙子的注意。師父來到事發現場時，與姚樂雅融合的蠱獸已經離開。她看到的只有一道破碎的殘魂——姚樂雅沒有被吞噬、僅存的魂魄。」

「師父將這縷殘魂帶在身邊用神力滋養，搜集天地材寶爲她重塑肉身，及後更把這孩子收爲親傳弟子悉心教導，那就是我——琉璃了。」

宋仁書等人愣愣地看著琉璃，少女所說的話合情合理。正因爲這樣，對三人來說實在是個頗大的衝擊……如果琉璃眞的與他們一樣是由紫雨煙所養大的孩子，那他們豈不是要叫她一聲四妹!?

而且琉璃作爲紫霞仙子的親傳弟子，說不定上任神子就是把她視作繼任者來培養。如此一來，姚詩雅的立場便變得很尷尬了，畢竟於情於理，也應該是由琉璃來作爲紫霞仙子的繼承人。

「那另一半的神力……」

琉璃解釋：「神力是烙印在靈魂上，詩雅姊姊所缺乏的另一半神力，分別在我與姚樂雅手上。」

有別於宋仁書三人，姚詩雅現在最關心的卻是別的事情：「所以小妹妳……並不恨我了？」

琉璃有點苦惱地皺起眉：「詩雅姊姊妳……還是喚我作琉璃吧！我不是因爲恨妳、不認妳這個姊姊才這麼說。只是我雖然是由姚樂雅而來，雖然有著她的記憶，卻已經不是她，而是一個全新的生命了，妳能夠明白嗎？」

見姚詩雅垂首不語，琉璃嘆了口氣，上前拉著她的手，問：「我放下過往，有了新生，這樣不好嗎？」

第八章 佟氏隱祕

從他一出生，他的道路便被王夫人規劃好了。
揹負著血海深仇的他，早已失去了當普通人的權利。

當琉璃往姚詩雅走去，左煒天等人本能地想要上前阻攔她。雖然最終還是沒有行動，但他們的小動作還是被琉璃察覺到了，惹來她似笑非笑的目光。

看到姚詩雅的情緒總算在自己的安慰下好轉，琉璃這才接著續道：「我繼承了姚樂雅的靈魂與記憶，說不恨、不難過是假的。所以我沒有阻止另一個姚樂雅去找姚老夫人他們報仇，因爲她有這個權利。但我不能接受她因爲仇恨而傷害無辜的人，我希望能夠保護你們。」

琉璃很眞誠地說道：「在所有人中，詩雅姊姊，我最想要保護的人就是妳。」

姚詩雅無法置信地瞪大雙目：「眞的嗎？但……但我是娘親的女兒。」

「嗯，妳流著姚老夫人的血，但妳不是她。」琉璃堅定地說道：「我還記得小時候貪玩掉進湖裡，是妳不顧安危救了我的性命。我沒有同齡的朋友，是妳一直陪伴在我身旁。有什麼好吃的、好玩的，詩雅姊姊妳從沒有忘了我那一份，妳是我除了娘親以外最親的人，比爹爹還要親！」

聽到琉璃的話，姚樂雅也露出恍然的神情，然而下一秒，她的眼神便重新被恨意佔據。她不是不記得對方的好，可是仇恨很多時候是沒有理性成分的，姚詩雅以前待她再好，只要一想到對方流著姚老夫人的血，姚樂雅便會覺得對方的存在極度噁心！

「本打算利用天道之力把她殺了便跑，想不到竟讓自己陷了進去。」到了這時候，姚樂雅哪還不知道自己還是中了琉璃的計謀。她把殺人的事情嫁禍給琉璃，琉璃卻將計就計地假裝與姚詩雅決裂，裝作對她的猜疑心灰意冷，要求解除誓言。

萬一……萬一琉璃公開那個祕密……

姚樂雅一想到這裡便方寸大亂，就像個惶然失措的孩子。

少女身旁的王公子，俊美的臉上浮現瘋狂之色：「樂雅，妳恢復原貌吧！」

姚樂雅搖首：「怎麼可以！這麼一來，我會把你也一併殺掉的！」

王公子恨聲說道：「那至少妳能夠活下去！何況作爲佟氏的後人，我與神子的仇恨不共戴天！有神子作陪葬，我也算是對得起列祖列宗了。」

此時，一陣清脆動聽的嗓音傳來，清清楚楚地說道：「你不用揹負佟氏的仇恨，因爲你根本就不是佟氏一族的後人！」

說話的人，正是琉璃！

王公子聞言，卻像聽到世上最好笑的笑話般大笑：「怎麼可能？妳想要動搖我，也請說些比較可信的話。妳說我不是佟氏的後人，難道我連自己是誰都不知道嗎？」

被王公子毫不猶豫地否定，琉璃卻一點兒也不著急，依舊不疾不徐地續道：「你的確連自己是誰都不知道，就連你的娘親，也不知道你並不是她親生兒子。」

王公子好笑地搖了搖頭：「愈說愈離譜了。娘親最重視血統承傳，她又怎會連自己的親生兒子也分辨不出來？」

「她就是分辨不出來。」琉璃想了想，隨即補充道：「因爲這件事情，本就是爲了要瞞著她的。」

琉璃眼中帶有些許憐憫，而且言語間非常自信。這些話並不像是用來嚇唬他，而是彷彿眞有其事，這讓王公子心裡生出了不祥之感。

「夠了！」姚樂雅打斷琉璃的話，道：「我可以把體內的神力交還給你們，只要你們保證放我們二人安全離開……至於妳的這些胡言亂語，就不要再說了！」

「樂雅，她說的是眞的嗎？」原本王公子並不相信琉璃的話，可是他了解姚樂雅。要是這只是單純的謊言，她絕不會如此氣急敗壞。

姚樂雅一咬牙，竟突然暴起向琉璃發難，想要將對方滅口！

守在琉璃身邊的白銀甩手便射出數枚暗器。姚樂雅見狀冷笑了聲，身上浮現出一層黑色的有毒煙霧，便要把白銀的暗器腐蝕掉！

怎料充滿劇毒與腐蝕性的煙霧對白銀的暗器竟然沒有起任何作用，要不是王公子眼明手快地揮劍撥開暗器，這個暗虧姚樂雅吃定了！

待看清楚暗器的模樣，卻換成琉璃不淡定了：「小白！你又拆壞我的珠釵！」

只見陷在地面的暗器晶瑩剔透，內裡蘊藏著奪目的火光，正是琉璃那枚火琉璃珠釵上的珠花！

白銀上前把地面上的珠花拔出：「抱歉抱歉，正好把珠釵重新鑲嵌好，因爲不知道什麼時候能夠交給小琉璃，所以便隨身攜帶著。面對著蠱獸的劇毒，也只有世間最堅硬的火琉璃能夠不落下風，所以順手把它甩了出去。」

「那現在怎麼辦？來不及在師父生辰前修復好了啦！」琉璃氣沖沖地鼓起臉。

白銀安慰道：「沒關係，反正妳已經把紫霞仙子的事情說了出來，她應該不會介意我的道賀，到時候我會親自向她道歉，不會讓她怪罪小琉璃的。」

琉璃挑了挑眉：「怎麼我覺得事情有點奇怪？」

白銀笑道：「怎會？是妳多心了。」

白銀愈是表現得理所當然，琉璃愈是覺得另有內情：「可我總覺得很奇怪……對了！你們白家莊擁有火琉璃的礦場，一定擁有用火琉璃打造的獨門暗器，對不對？根本不用拆壞我的珠釵，小白，你絕對是故意的！」

被琉璃一語道破，白銀一點兒也沒有被識破的心虛，而是很無賴地承認下來：「哈哈！我的確是故意的，不把壽禮死死扣在手裡，小琉璃妳什麼時候會帶我去見見未來岳母啊？」

饒是琉璃再不拘小節，也受不了白銀的厚臉皮。

另一邊，王公子卻與姚樂雅內鬨中。

只見王公子阻撓了姚樂雅的攻擊後，看著少女的神情充滿著質疑與惶恐：「樂雅，妳這麼急著出手是想隱瞞我什麼？難道我真的不是佟氏的血脈？」

姚樂雅沒有回答王公子的疑問，只一個勁兒地哀求：「我不要報仇了，阿毅，我們離開這裡吧！二姊性子軟，只要我求求她，她一定會放我們離開的。」

聽到姚樂雅喚他的小名「阿毅」，王公子的眼神不由得一暖，腦海中不禁回憶起小時候的事情。

他的娘親在復仇大業上投放了所有熱情，自從父親過世後，他的娘親變得更加執著，彷彿人生除了光復佟氏之外，再也容不下其他事物。

王公子全名王毅，從小便是個聰慧的孩子，他很清楚在娘親眼中，他只是一個光復佟氏的工具。在母親身上，王毅感受不到血脈相連的親人應有的溫情。

甚至，王毅與娘親見面的時間並不多，小時候他總是期盼著與她見面，希望對方能夠抱抱他，即使能多看他一眼也好。

然而每次難得王夫人有空想起這個兒子，不是嚴厲地考核他的武功，便是著魔般向他訴說著佟氏過去的榮光，彷彿恨不得要把對花月國的怨恨刻進他的腦子裡！

在王夫人的逼迫下，王毅變得愈來愈用功，卻也愈來愈沉默。他覺得世界只剩下冰冷，即使身處在陽光底下，也無法讓他冰封的心感到絲毫溫暖。

他一直以爲這世上不會出現任何打動他的事物，直到他遇上那名清雅秀麗的黃衣女孩。

王毅從小便展現出優秀的武學天賦，偏偏對於最重要的佟氏祕術「魔瞳」，卻一直不得要領。因爲這件事，王毅沒少受王夫人訓斥。可是無論他再努力，卻依舊不得其門而入。

王夫人無法，只得安排兒子與潛伏在逸明堡的蟲獸見面。畢竟現在除了王家母子以外，唯一對佟氏功法有所了解的，便只剩下那頭遠古蠱獸了。

當王毅得知要與蠱獸會面時，心裡一直很忐忑不安。雖然他早已知道蠱獸利用奪舍的方法化身爲人，但對蠱獸的恐怖印象實在太深刻了，以致小小年紀的王毅不禁對這次的會面有點膽怯。

當他看到鼎鼎大名的蠱獸竟是個年紀與自己相當、粉妝玉砌的小女娃時，饒是王毅心性再堅毅，也忍不住大吃一驚！

人類本就是以貌取人的生物，即使明知眼前的小女娃是頭絕世凶獸，可是看著對方白嫩嫩的可愛模樣，王毅在卸下了驚恐與警戒的同時，卻又不由得感到失望。

她看起來很弱的樣子啊！眞的能夠爲我的功法修練提供幫助嗎？

看出男孩對自己的不以爲然，蠱獸也沒有生氣，只見她掩嘴一笑，瞬間從一個小女娃變成一個十多歲的妙齡少女！

隨即，蠱獸笑道：「雖然我現在的肉身與你同年，但我的眞實年紀可是比你大多了。」說罷，少女皺起眉，上前彎腰把男孩抱起：「夜風寒涼，你怎麼穿得這樣單薄？」

被少女抱入懷裡的瞬間，王毅愣住了。

他不是沒被人抱過，但無論是下人或王夫人的擁抱，都帶有公事公辦的意味。佟氏的人，即使是擁抱，也是冰冷的。

自從王毅能夠自理生活後，更是與擁抱這種事情絕緣了。他已經記不清楚，上一次被人抱在懷裡時到底是什麼時候的事情。

現在他在蠱獸的懷裡，被夜風吹得冰涼的身子，清晰地感受到從對方身體傳來的溫暖體溫，耳邊聽著少女帶有關心的數落聲。王毅忽然覺得冰封的心湖似乎泛起了一絲漣漪，心頭感到暖呼呼的。

蠱獸檢查過王毅的狀況，沉思了片刻，道：「功法沒有問題，也許是因爲你承繼了父親方面的血脈，佟氏之血不夠濃厚，才一直無法領悟。魔瞳是以血脈引發的祕術，雖然阿毅天資卓越，但血脈承傳卻是無法以悟性或努力彌補的。」

「那怎麼辦？難道我以後都無法習得這祕術嗎？」

王毅急了，要是讓自己娘親知道他無法習得魔瞳，一定會對他這個繼承者完全失望。雖然現在娘親並沒有再嫁的打算，但以她對復興佟氏那瘋狂般的執著，說不定真的會為了獲得一個完美的繼承人而嫁給別的男人，到時候自己這個缺陷品必定會被她放棄。

蠱獸對於王毅的處境也略有所聞，看到男孩驚惶失措的神色，蠱獸也感到頗為不忍，安慰道：「不一定沒有方法的，但要給我一些時間想想。也許修改一些功法，再配合我的蠱毒，可以另闢一條新途徑也說不定。」

說到這裡，蠱獸似笑非笑地問：「就是不知道你敢不敢讓我在你體內下蠱。」

身為同樣擅長蠱毒的佟氏後人，王毅自然清楚蠱蟲並不全是害人的東西，只要操作得好，蠱術甚至還可以用於治病等正途上。

蠱獸的話在絕望的王毅心裡點起了一絲光亮，現在男孩已經把她視為救命草，自然不會反對她的安排。

王夫人本不樂意王毅與蠱獸交往過密，在她的觀念，蠱獸只是佟氏創造出來的兵器，王毅再不才，也是佟氏的少主，身為主子卻與奴才如此親近，這不是太自貶身價了嗎？

可是王毅的學習問題卻是必須解決的事情。「魔瞳」是佟氏特有的功法，要是王毅學不好，憑什麼承繼偉大的佟氏？

因此再不願意，王夫人還是應了蠱獸的提案。

這段相處的過程，王毅從蠱獸身上感受到親人的溫暖，很多時候他都會想，蠱獸是這個世上除了過世的父親之外，唯一不會利用他、真心待他好的人了。

蠱獸也憐惜王毅的處境，因此照顧這孩子時很用心。看到王毅對自己愈發依戀，蠱獸不禁生起一種奇怪的感覺。

從來沒有人明知道她的身分還無所顧忌地向她表達出親暱，全心全意地信賴著她，這種感覺對她來說很陌生。蠱獸只覺得有點惶恐，又有點竊喜。於是她更加努力地改善王毅的體質，不想辜負男孩對自己的信任。

實驗的過程非常殘忍，可是無論有多痛苦，王毅都咬緊牙關忍耐著，男孩那小小的身軀彷彿有著一股強大的力量，即使很多成年人也無法忍受的苦痛，他硬是捱了過去，讓蠱獸不由得對這孩子肅然起敬。

結果經過多方嘗試後，終於讓他們找出讓王毅習得魔瞳的方法。雖然功法威力比不上原先的，但至少能對王夫人有所交代。

王毅至今仍記得，當年他是怎樣興沖沖告知自己娘親這個好消息；而當得知兒子再努力也無法把魔瞳習至極致時，素來對兒子力求完美的王夫人，臉上毫不掩飾地露出了失望與鄙夷的神情。

雖然王夫人最終接受了這個事實，打消了更換繼承人的打算。但從此以後，蠱獸再也沒有看見王毅眞心的笑容。

男孩逐漸長大，他成長爲王夫人要求的完美的人。英俊的外貌、穩重的談吐，再加上親切的笑容，無一不讓人好感大增。可是蠱獸很清楚，每當他露出令人如沐春風的笑容時，那笑容永遠沒有直達眼底。

王毅甚至對自己曾一直極力討好的王夫人也疏離了起來，雖然他面對母親時的禮儀與恭敬讓人挑不出絲毫錯處，卻已沒有任何親人間應有的親近。

唯一讓蠱獸感到安慰的是，每每王毅凝視她時，眼中的信任沒有任何轉變。

後來蠱獸與姚樂雅的靈魂融合了，產生新舊記憶與感情互相衝突的狀況，也備受突如其來的仇恨煎熬。

那時王毅一直陪在她身邊，認眞地向她允諾：「姚樂雅，別擔心，我會幫妳報仇的！」

王毅從來沒有喚過蠱獸的名字，無論是逸嫣然，還是她的其他身分都沒有，亦沒有如佟氏的其他下人一般，稱呼她爲「蠱獸大人」。姚樂雅是王毅唯一承認的身分，也因爲對方的一番話，她不再抵抗靈魂的融合，從此以後她便是姚樂雅。

蠱獸獲得了部分神力承傳後，王夫人覺得這是千載難逢的機會，竟冒險試圖使用佟氏一族的禁忌蠱毒來毒害新任神子。

雖然他們並不知道新任神子的身分，可是這蠱毒卻能以姚樂雅體內的神力爲引子，隔空下在遙遠的、不知身在何處的下任神子身上。

這蠱毒不單對人體有害，還能夠侵襲元神，把中蠱的人變成施毒者的傀儡。比起蠱獸在林門眾人身上所下的蠱毒更歹毒百倍！

偏偏姚詩雅有著神力庇佑，最不怕的便是妖邪蠱毒。雖然王夫人使出最歹毒凶殘的蠱蟲，仍是無法取得姚詩雅的性命，只能讓她陷於昏迷中。反而王夫人因此受到蠱蟲的反噬而亡，甚至連遺言也來不及向王毅交代。

直至王夫人過世，這個世上便只剩下王毅這個流著佟氏血脈的人。對於王夫人的死，王毅並沒有感到傷心難過。他的心早已在多年前麻木，與王夫人之間根本沒有任何感情可言。

即使如此，王毅還是把光復佟氏一族的擔子挑了起來，卻不是因爲他對佟氏有多大的感情與歸屬感，也不是出於對花月國與神子的仇恨。

只是因爲，如果不復興佟氏一族，那麼王毅便會失去了生存的意義，也沒有了存在的方向。

從他一出生，他的道路便被王夫人規劃好了。他的知識、他的武功、他的一切都是爲了光復佟氏而備，如果把復興佟氏這個目標放下，王毅竟發現他完全不知道自己活在世上應該做些什麼。

揹負著血海深仇的他，早已失去了當普通人的權利。

也只有在計算花月國，以及暗殺神子時，王毅才找到生存的理由，才會覺得自己是「活著」。

直至此時，王毅總算明白母親爲什麼會對光復佟氏有著這麼大的執念。也許她對佟氏的感情也不深，但努力了一輩子、拚搏了一輩子，光復佟氏已成了她的一切。這個世世代代傳下來的仇恨已讓她發狂了。要是奮鬥了一輩子，最終卻徒勞無功，這教她怎能甘心!?

王毅不知道自己最終會不會變得像自己娘親一樣，但正式繼承佟氏的他，卻知道自己已不可能過普通人的生活了。體內流著的佟氏血脈，就像一把懸掛在他脖子上的利刃，只要被人揭發，哪怕他從沒有做過任何傷害花月國的事情，這個國家也必定不會讓他活下去！

世上沒有不透風的牆，與其擔驚受怕地活著，倒不如在仍有反抗能力時，拚死一戰。

何況他的人生，本就只有光復佟氏這個意義了，不是嗎？

第九章　真相

兩行鮮血從王毅的雙目傾瀉而下，
在他俊美的容貌上添上一絲淒絕。
這是血，還是他心裡所流的淚？

現在，琉璃竟然告訴王毅，說他並不是佟氏之後，身上根本沒有流著佟氏的血脈！

這讓王毅比什麼時候都更惶恐與懼怕，可是他卻不能逃避！即使他對此視而不見，但這個懷疑也會變成一顆埋在他心裡的尖刺，這生無時無刻折磨著他。與其這樣，倒不如現在便把事情弄清楚！

王毅甩開仍舊試圖遊說自己的姚樂雅，看向琉璃的眼神充滿著堅定：「妳說我不是佟氏的血脈，有什麼憑據？」

琉璃略帶不忍地看了王毅與姚樂雅一眼，然而少女道出眞相的心卻沒有絲毫猶豫：「同樣作爲姚樂雅靈魂的碎片，我們能夠共用烙印在靈魂中的神力；同樣道理，我也擁有著屬於蠱獸的記憶。可以說，這個世上再也沒有比我們更加相近的人了，即使是有著血緣的親姊妹，甚至雙胞胎，也遠沒有我們那麼親近！」

「所以我知道她的祕密。」見姚樂雅蒼白著一張臉想要說話，琉璃並沒有給她插話的機會，接著說道：「王夫人的確曾經懷孕，可是當年王夫人早產所誕下的嬰孩卻是個死胎！」

不理會眾人露出無法置信的神情，琉璃續道：「雖然王夫人的丈夫是個醫術高明的大夫，卻依然保不住將要出生的兒子。而且那次流產傷及王夫人的根本，讓她從此無法懷孕。王大夫知道妻子對光復佟氏的執著，擔憂她無法承受佟氏血脈斷送在自己這一代的打擊，於是便找到附近一個剛誕下龍鳳胎的女人，將雙胞胎之中的男嬰與妻子所生的死嬰掉包，讓王夫人誤以爲這是自己生下來的親生孩子。那個嬰兒……便是王公子你了。」

王毅喃喃自語：「所以其實我的親人另有其人？甚至還有一個雙生的姊妹？」

「不……你的姊妹已經不在了。」琉璃扭頭不去看姚樂雅哀求的神情，硬著心腸道出殘酷的眞相：「王大夫做這事情並沒有隱瞞蠱獸，應該說，即使他想瞞也沒有法子。蠱獸對佟氏的血脈有著天生的感應，因此王大夫只能把事實對牠如實相告。對蠱獸來說，佟氏族人是牠最重要的主子。爲了王夫人著想，蠱獸便答應爲王大夫保守這個祕密。」

「可是天下沒有永遠的祕密，爲了降低機密外洩的風險，同時那戶人家是享負盛名的武林世家，正好符合他們安置蠱獸的要求。於是他們一不做、二不休，乾脆讓蠱獸將那名女嬰奪舍，不單可以成爲暗藏在武林中的一顆棋子，還可以就近遮掩王大夫抱走嬰兒的事情。」

說到這裡，一些思維敏捷的人已反應過來，用著震驚的眼神交互看向王毅與逸堡主。

王毅本以爲經過多年訓練，自己無論面對任何事情都能夠喜怒不形於色，然而聽到琉璃的話，他連說話的聲音也止不住地顫抖：「我那個雙生的姊妹……是逸嫣然？」

琉璃嘆了口氣，隨即點點頭：「王公子先前問我有什麼憑證……逸堡主人在這裡，你們是否有著血緣關係，我想以王公子之能，要確定這點應該不難吧？」

王公子默然半晌，隨即向逸堡主遞出一個小小的玉瓶子，說道：「給我一滴鮮血。」

佟氏的手段神祕莫測，要是在平常，逸堡主絕不會讓自身的頭髮、血液等物件落入佟氏手中。可是現在聽到一連串事情後，老人卻毫不猶豫地割破指尖，滴了幾滴鮮血進玉瓶裡。

王毅同樣割破指頭，然而傷口卻不見鮮血冒出。於指尖破損的傷口裡，竟伸出一顆小小的頭顱！

膽子較小的姚詩雅見狀，不由得驚呼出來！

葉天維一臉警戒地將神子護在身後：「小心，這是他養在體內的蠱蟲。」雖然姚詩雅並不怕蠱毒，但葉天維還是下意識地想要杜絕任何戀人會受到傷害的可能性。

蠱蟲很快便從傷口爬出，先是小小的頭顱，然後身軀，以及背上皺巴巴的翅膀，陸續展現在眾人眼前。要是排除牠是從人體內鑽出來的詭異狀態，這蠱蟲看起來就只像隻剛剛破蛹而出的普通蝴蝶。

「不……這不是蝴蝶，是飛蛾？」

蟲蟲的翅膀暴露在空氣中後，便以肉眼可見的速度充血變硬。當翅膀平展開來，眾人才發現這是一隻毛茸茸的小飛蛾。

王毅把玉瓶中的血液滴在蟲蟲身上，血液剛觸及蟲蟲的身體，便立即被吸收殆盡。只見牠樸素的灰色翅膀瞬間變成了艷麗的鮮紅，歡快地拍著翅膀飛翔於半空中。

「阿毅……」姚樂雅小心翼翼地呼喊了聲。

「啪」地一聲，飛翔在半空的蟲蟲被王毅蘊含內力的一掌擊成粉末！

「妳一直在騙我!?到底我在妳眼中有多無知、多可笑!?」王毅厲聲質問姚樂雅。雖然對方並沒有解釋檢驗結果，但聽到他的話，眾人已知琉璃所言非虛。

「不！阿毅，你聽我說！起初我是爲了夫人好，後來夫人過世後，我看到你這麼努力，要是知道眞相後難免會傷了你的心，所以才一直隱瞞下來。我絕對沒有看你笑話的意思！所以我才應允了琉璃的提議，以她爲我保守這個祕密爲條件，我以不傷害姚詩雅爲代價立下了天道誓言……」姚樂雅慌忙解釋道。

然而大受打擊的王毅卻已無法聽進任何話語：「原來對我來說，所謂滅族之仇根本不存在，我一直引以爲傲的血緣只是個笑話。我以爲的父母是殺我姊妹的仇人，一直想要陷害的人才是我親生父親？這個世上，還有比我更加可笑的人嗎⁉」

看到王毅瘋狂的眼神，姚樂雅心頭生起一股不祥之兆：「阿毅，你怎麼了？你別嚇我！」

王毅甩開姚樂雅的手，臉上露出決然的神情：「不！這個世上怎會有如此荒謬的事情？你們都騙我！我是佟氏的後人！」

突然，王毅的瞳孔變了！

看起來有點像他先前使出的「魔瞳」，然而要說這是魔瞳，卻又有所差異。眸子還是那雙眸子，只是給人的感覺卻與先前天差地別。此刻王毅的雙目就像漩渦，吸引著眾人的目光，即使理智上知道要把視線移開，卻早已身不由己。

這正是佟氏一族眞正血脈的祕技——魔瞳！

不是經過蠱獸削弱改良過的版本，而是眞正屬於佟氏的，原原本本的瞳術！

「阿毅！不要！快住手！」姚樂雅想要制止王毅，可惜已經太遲！

沒有佟氏血脈，卻強行催動習不完全魔瞳的後果，便是受到功法的反噬，王毅的雙目禁不住眞氣的衝擊瞬間廢掉了！

兩行鮮血從王毅的雙目傾瀉而下，在他俊美的容貌上添上一絲淒絕。

這是血，還是他心裡所流的淚？

扶著失去意識的王毅，姚樂雅硬起了心，忽然出手一掌將男子丹田拍碎！

曾經深入研究過魔瞳的姚樂雅很清楚，這個祕術完全是以佟氏之血來驅動。要是沒有佟氏血脈，便會強行燃燒人體的眞氣。任由祕術繼續發動下去的話，王毅不止會失去雙目，甚至還有性命之憂！

唯一阻止的方法，便是把他一身修爲廢掉。沒有眞氣牽引，瞳術自然無法繼續發動下去。

現在的王毅，已成了一個沒有內功、雙目失明的廢人！

「阿毅，你爲什麼這樣傻？」姚樂雅跪在地，擁著失去意識的王毅失聲痛哭。

爲什麼，你不相信我？

爲什麼，你就是放不下呢？

正因爲知道你接受不了，所以我才拚命隱瞞眞相。難道……難道我做錯了嗎？

「大哥……」宋仁書向祐正風使了個眼色，右將軍看了一眼抱著王毅哭得像個孩子般的姚樂雅，嘆了口氣，握著手中的長劍便向二人走去！

蠱獸終究是蠱獸，她的存在永遠是花月國的威脅。至於王毅，即使他沒有佟氏血脈，可他從小受著仇視花月國的教育長大，同樣是個必須除去的危險分子！

爲了國家著想，雖然不忍，但祐正風絕不會心慈手軟！

姚樂雅止住了哭聲，那張與琉璃長得一模一樣的臉上仍舊掛有淚痕，喃喃自語：「阿毅他……看不見了呢！」

左煒天冷哼了聲：「又不是我們把他弄盲的，只能說是他自作自受！」

相較於左煒天的不以爲然，宋仁書卻露出驚駭的神情：「妳這麼說是什麼意思？妳難道想要捨棄姚樂雅的軀殼、露出蠱獸的本相!?」

聽到宋仁書的詢問，眾人這才反應過來。

傳說蠱獸的醜陋外貌是詛咒，只因佟氏爲了創造蠱獸而殺害了無數生靈作獻祭，這是過量的殺戮伴隨而來的天罰。

雖說即使蠱獸露出了原形，宋仁書等人只要閉上雙目便不受影響。可是在作戰時不能目視，那不是與引頸受戮無異嗎？

何況王毅的視力已被功法反噬毀得徹底，所有與眼部有所關聯的經脈全部壞死，姚樂雅更是沒有後顧之憂。

琉璃收起笑容，嚴肅地道：「妳應該很清楚蠱獸與姚樂雅的靈魂已完全融合，要是恢復蠱獸型態，勢必會打破平衡，到時候即使妳能殺掉我們，最終也是必死無疑。」

「我知道，我是扭曲的、不應降生在這個世上的怪物。」說到這裡，姚樂雅的視線轉向白銀：「收起你手中的暗器吧！蠱獸的生命力不是你能想像的，你的暗器無法一擊將我殺死，只會逼得我提前動手。」

想不到自己的動作已被姚樂雅看穿，白銀笑了笑，扣著暗器的手卻沒有鬆開，隨時準備出手向對方使出奪命一擊！

也許結果會如姚樂雅所言般徒勞無功，但白銀從來不是一個坐以待斃、認命的人，只要有著一絲希望，他便不會放棄。

何況白銀還曾經信誓旦旦地向琉璃保證會一輩子珍視她、保護她。身爲男人，在自己心儀的少女面前，絕對不能弱了氣勢吶！

姚樂雅並不在意白銀的垂死掙扎，跪坐在地上的她讓王毅的頭靠在自己的大腿上，抹拭著男子臉上的血痕，淡然說道：「即使我會死，但那又怎樣？活下去這種事情從來都不是最重要的。」

說罷，姚樂雅不再理會眾人，逕自垂首情深地看向昏迷的王毅，彷彿在做最後的道別。

她想起最初被佟氏創造出來的時候，「服從佟氏一族」與「活下去」是她唯二知道的事情。

佟氏因爲她而滅亡，沒有了能夠命令自己的人，有很長的一段時間，她只有「活下去」這個本能，直到被落花仙子封印而陷入沉睡。

可是現在面對著生命危險，她最先想到的卻是多年前那個白嫩得像個包子的王毅，想起孩子對她信任又期盼的眼神。然後記憶中的小小身影逐漸成長爲少年，笑容變得冰冷而虛僞。

最後浮現在腦海裡的，卻是成長爲俊美青年的王毅，初次喚她「姚樂雅」的情景……

想到這些，姚樂雅便覺得其實「活下去」原來並不是最重要的。

祐正風等人交換了一個眼神，他們準備趁姚樂雅心神不穩之際拚命了！

就在他們準備出手之際，一陣清脆的嗓音卻響起：「如果小妹妳動手的話，我會把王公子殺了的！」

眾人全都露出了驚愕的表情，只因說話的人，正是眾人之中最爲善良心軟的姚詩雅。

神子大人平時柔柔弱弱的，連雞也沒有殺過一隻，現在卻揚言說要殺死一個大活人……開什麼玩笑!?

除了昏迷不醒的王毅，無論敵我雙方都一臉怪異地把視線投往姚詩雅身上。

只見姚詩雅露出一副快要嚇哭的神情，卻硬撐著不掉眼淚，還倔強地裝出一副凶惡的樣子。這模樣說有多可憐，便有多可憐……

就連死意已決的姚樂雅，原本悲壯的情緒也被哭笑不得取代，只想向神子大人說一句：二姊，妳別鬧了吧？

偏偏姚詩雅的樣子雖然很沒說服力，說出來的話卻讓姚樂雅不得不重視：「我是說眞的……妳恢復本相後大家會被妳害死，不久妳也會支撐不住死掉。只有雙目失明的王公子，以及持有神力的我，才有活下來的機會。如果妳眞的殺死大家，我便殺了王公子爲大家報仇！」

見姚詩雅眼眶都紅了起來，眾人皆一陣無言。他們還是第一次看見無論怎樣裝凶作勢也生不出令人信服的殺意，甚至說著說著還差點哭出來的人。

姚樂雅失笑反問：「妳是在威嚇我嗎？」

「我是說眞的！」姚詩雅難得展現出強硬的一面：「要是大家因妳而死，我眞的會殺掉王公子！小妹妳……應該很清楚仇恨的力量到底有多大才對！」

姚樂雅臉上的兒戲與輕蔑逐漸褪去，漸漸換上了認眞肅穆的神情：「妳一定要礙著我？」

面對著對方的殺氣，姚詩雅勇敢地毫不退讓：「如果妳要傷害我的同伴，那我便要阻止妳！」

宋仁書等人呆呆地看著霸氣外露的神子，對於對方話裡的維護不禁感到欣慰無比。這少女不久前還只是個什麼都不懂的千金小姐，面對敵人的時候，只能待在他們的羽翼下。可現在，她卻已能反過來保護他們了！

雖然神子連利用人質來威脅敵人也學會了，成長的速度未免太快了點，而且長得還有點兒歪……但他們還是很感動吶！

結果因爲姚詩雅的一番話，本來一觸即發的狀況再度膠著。宋仁書等人絕不願意就此放虎歸山，可若逼得太緊，卻又怕姚樂雅眞的會咬牙來個同歸於盡。

同樣，姚樂雅雖然有意犧牲自己換得王毅的安全，卻也不敢賭姚詩雅會不會害王毅性命。

姚樂雅知道愈是拖下去，情勢便愈是對自己不利。外面的武林高手隨時會攻破林門的防線闖進來，王毅現在又昏迷不醒……

果然，還是只有拚命才能爲阿毅搏得一線生機嗎!?

看著惶然不知所措的姚樂雅，琉璃嘆了口氣，感慨道：「妳眞是一點兒也沒變……我問妳，在妳的心裡，王毅到底是什麼？」

姚樂雅愣了愣，不由自主地回答：「他是……我的弟弟、我的徒兒、我的主子、我……」

說到這裡，少女露出泫然欲泣的神情：「我願意用性命來守護的、我最重要的人！」

琉璃問：「既然他如此重要，重要得讓妳不顧一切。那妳何不去求求詩雅姊姊？妳又不是不知道她最易心軟。」

姚樂雅神色一變：「妳讓我去求害死娘親的仇人之女？」

琉璃聳了聳肩，一副「我只是說說看、妳做不做我都無所謂」的神情：「我呢，覺得『人之初，性本善』這句話根本是騙人的。看！我與妳來自同一個靈魂，我們的本源是相同的，但我們現在不是差很遠了嗎？說起來，妳怎麼會混得這麼慘啊？」

被琉璃肆意嘲諷，姚樂雅眼中閃過怨恨與不甘，卻又說不出任何反駁的話。其實她也很想知道，她到底爲什麼會淪落至現在的地步？就因爲她沒有忘記娘親的慘死、沒有像琉璃這樣不要臉地投靠仇人嗎!?

看出姚樂雅的迷茫，琉璃向少女展顏一笑。雖然二人有著相同的容貌，然而姚樂雅的笑容永遠是斯斯文文的，彷彿帶著某種壓抑。可琉璃，卻是不帶一絲陰霾地輕鬆又明亮，就像這個世上再也沒有比她活得更順心的人了。

「我覺得善良與惡，根本與本質無關。因爲善良啊，是一種選擇。」只見琉璃笑道：「所以姚樂雅，這一次妳不要再選錯了。」

聽到琉璃的話，姚樂雅徹底愣住。

善良，是一種選擇？

就像琉璃這樣，選擇放棄仇恨，便能夠活得舒心愉快嗎？

其實仔細一想，琉璃保護姚詩雅、保護張雨陽……她庇護的對象永遠只是那些不涉及當年事情、被遷怒牽連的人。又或者像張成那樣，有著不得不屈服的理由，而被逼助紂爲虐的人。

像姚老夫人、像姚紫雅，雖然她們算得上琉璃的親人，但琉璃卻完全沒有任何庇護她們的意思。甚至對於這些人，琉璃還對自己抱持著放任的態度，因此她才能夠輕易得手。

「妳說善良可以選擇，可惜仇恨卻不能。」沉默片刻，姚樂雅問：「如果我不動手報仇，妳會放過那些陷害我們與娘親的人嗎？」

「怎麼可能!?」琉璃想也不想便說。

姚樂雅勾起了嘴角。少女說話依舊斯斯文文的，一副很有教養的樣子，可是卻讓人不由自主地感到一股寒意：「那妳又有什麼資格教訓我？要是沒有我，當殺人凶手的人便是妳了！」

「我才不會殺人，要報仇當然是去報官啊！」

「咦？」

見姚樂雅如此驚訝，琉璃也露出了驚愕的神情：「須如此驚訝嗎？一般來說，這是正常程序吧？」

姚樂雅因琉璃一番理所當然的話沉默起來。報官？才不呢！即使眞相大白，原凶被判斬首那又如何？其他幾名幫凶說不定只是牢獄之災，何況娘親死得那麼慘，自己也因此吃了那麼多苦頭，不滅對方滿門，又怎能嚥下這口氣!?

所以說，這正是自己比不上琉璃的地方嗎？即使我們同樣是「姚樂雅」，可是琉璃卻遠比自己正直，也比自己善良得多了。

原來……眞的可以在不放下仇恨的同時，選擇不一樣的人生。

雖然現在的她已經沒有回頭路可走，但此刻，她卻要再次做出重要的選擇。而這一次，不單止關乎她，還會決定王毅的命運。

姚樂雅目中閃爍著掙扎的神色，隨即下定決心般，把枕在她大腿上的王毅小心翼翼地移在地上，跪在地上向姚詩雅伏身磕頭！

第十章 善良的選擇

手，握住昏迷中的王毅的手，

姚樂雅無法忽視這個愈來愈清晰的想法。

也許她錯了，他們都錯了！

姚詩雅下意識地退後兩步，滿臉驚愕：「小妹，妳這是!?」

姚樂雅依然保持著伏身在地的姿勢，卑微地哀求：「二姊，我錯了！我願意把佟氏一族在外界的布置全部告訴妳，只求妳放過我與阿毅！」

看著跪在面前苦苦哀求的姚樂雅，姚詩雅神色複雜。她這個妹妹從小性子便像二娘，雖然看起來斯斯文文，卻很有主見，而且還非常倔強。無論是姚老夫人的故意為難，還是姚紫雅的欺凌，姚樂雅都從沒找過別人幫忙，而是選擇自個兒咬牙忍過去。

姚詩雅唯一一次看到姚樂雅哀求別人，便是在十年前年幼的她一身傷痕地回家時。她永遠忘不了小小的姚樂雅是怎樣跪在姚老夫人與姚紫雅面前，哀求她們為她與二娘主持公道。

然後便是這一次，姚樂雅下跪的人換成了自己。

姚詩雅突然好想哭。她不明白她們姊妹兩人為何會走到這個地步。

姚樂雅並不理會神子複雜的心情，正所謂萬事起頭難，既然已經跪在這裡了，姚樂雅突然發現說出示弱的話語並沒有想像中困難。逕自一股腦兒地把不少佟氏安排在外的暗棋道出，並信誓旦旦地說只要姚詩雅願意放過他們，她便會與王毅隱居起來，絕不踏入王城一步！

宋仁書等人聞言也動容了，要是姚樂雅的話屬實，他們這次絕對可以將佟氏連根拔起！

如果眼前的少女只是一般人，宋仁書他們必定不會再為難她。可惜姚樂雅除了是姚詩雅的三妹，另一個身分還是佟氏創造出來的蠱獸！

更不要說姚樂雅身上還持有一半的神力，他們怎能放任她離去？

彷彿看穿眾人想法，姚樂雅補充：「我現在便可以把身上的神力交給二姊。」

姚樂雅的表態再次讓他們吃驚，葉天維率先表達出自己的不信任：「姚樂雅的靈魂碎片與蠱獸的融合以後，不是依靠著神力來維持平衡嗎？」

「是的。」姚樂雅頷首，卻在對方再次提出質疑之前解釋：「二姊可以用封印壓制蠱獸那部分的元神，如此一來，我的靈魂便不會立即崩壞，而是會過完『姚樂雅』應有的天命後才死去。而且也代表著我的性命掌握在二姊手裡，這麼一來丞相大人也應該能夠放心了吧？」

琉璃並沒有摻和進佟氏與神子等人的談判，她甚至故意遠離了眾人一些，徹底把主權交至姚詩雅手裡，清楚表達出一切全憑神子決定的意思。

白銀見狀，便捨下正討論著如何處理佟氏的眾人來到少女身旁，伸手從後環抱著他的小琉璃，白銀的眼中是滿滿的愛意與疼惜。

「小白，怎麼了？」雖說二人早已確定關係，但白銀是個很容易滿足的人，只要偶爾牽牽手，便足夠他樂上半天。因此，少年很少當眾對琉璃做出如此親密的舉動；再加上少女回首時見到白銀臉上疼惜不已的神情，這讓琉璃有點不明所以。

迎上琉璃困惑的眼神，白銀摸摸少女的頭，道：「小琉璃，這些年來真的苦了妳。」

雖然琉璃表現得雲淡風輕，總是笑嘻嘻的、看似毫不在乎，但她也是「姚樂雅」，要放下那刻骨銘心的仇恨，到底經歷過多少掙扎，內心受了多大的煎熬？

她說善良是一種選擇，可又有誰知道要做出這個選擇，對她來說是多痛苦的事情？

白銀彎下腰，把臉埋於少女髮間，呢喃道：「怎麼辦呢？小琉璃，我很高興我喜歡的人如此優秀與善良。可是這樣的妳，卻令我好心疼。」

「嗯。」

沉默片刻，琉璃說道：「小白，聽到你這麼說，我很高興。」

「可是這樣有點熱，而且很重。」

「……」

「不過感覺很溫暖，就讓你多抱一會兒吧！」

白銀愣了愣，隨即勾起嘴角，露出如貓兒偷腥般的笑容。環抱著琉璃的雙臂無聲地緊了緊，卻又控制著力道，小心翼翼地不會弄得少女不舒服。

這邊一對小情侶完全狀況外地你儂我儂；那邊神子等人與姚樂雅的談判仍然持續。

姚詩雅垂下眼簾，輕聲詢問：「這樣好嗎？妳本來可以有著長生不死的生命，為什麼要做到這個地步呢？值得嗎？」

其實從姚樂雅向她下跪、並願意再次喊她「二姊」的時候，姚詩雅已經心軟了。要不是身為花月國神子的她有著自己的責任，姚詩雅幾乎忍不住什麼條件也不談，立即作主把姚樂雅二人放走了！

現在宋仁書等人的態度終於軟化，姚詩雅當然不會拒絕姚樂雅的懇求，她只是心疼妹妹的犧牲。

那個王公子顯然把恨意都遷怒在姚樂雅身上，醒來以後還不知道會怎樣折騰呢！他到底何德何能，能夠讓小妹如此犧牲維護？

「沒有值不值得，只有我是否願意。」姚樂雅苦笑道：「是我欠他的，而且這些年來的相處，我與他的命運早已糾纏在一起，他……是我最重要的人。」

那個人溫柔又殘忍，冷漠卻又渴望著愛，如此矛盾的一個人，卻不知不覺地進駐在她的心裡，讓她的人生變得精彩、有了寄託。讓她被仇恨蒙蔽的心，多了點其他重要的事物。

所以她也希望，自己能夠成爲對方的支柱，讓他覺得生命是精彩的。

每個人都有不同的選擇，也有各自認爲重要的事物。既然姚樂雅已經決定了，神子便不再多說什麼。雖然有點爲妹妹感到不值，但姚詩雅正爲姊妹之間有了緩和而歡喜，也不希望管太多令對方反感。

然而在應允姚樂雅以前，姚詩雅卻轉向張雨陽與逸堡主，問：「張大哥、逸堡主，我想答允她的條件，可以嗎？」

二人想不到姚詩雅會詢問自己的意見。驚訝過後想了想，張雨陽道：「就這樣吧！我們張家也有對不起她的地方……我不希望再流更多的血了。」

逸堡主神色複雜地看了看昏迷的王毅，然後又看了看一臉懇求的姚樂雅。想到他們差點兒害自己身敗名裂，還讓逸明堡處於那麼尷尬的狀況，甚至害死了自己的女兒，逸堡主對此實在無法釋懷。可他們一個是他的親生骨肉，一個是他當作親生女兒寵了多年的人，他即使再恨，也無法開口任由他們送命。

最後老人冷哼了聲，再也不看二人一眼，逕自向姚詩雅拱手道：「我遵從神子的意思。」

對於說服姚詩雅放過他們，姚樂雅還是有一定自信的。畢竟對方很重感情，而且又是她的親二姊。然而面對張雨陽與逸堡主的審判，她卻忐忑不安。要是知道有天她與王毅的性命會掌握在這二人手裡，當初姚樂雅一定不會把事情做得那麼絕！

姚樂雅忽然發現，在她理所當然地報仇的時候，卻也成為了別人的復仇對象。正所謂「害人者人恆害之」，就是這個意思嗎？

聽到張雨陽二人的選擇，姚樂雅忍不住露出驚訝的神情抬頭看著二人，雙目皆是疑惑與不解。

姚樂雅本以為憑她對二人的傷害，對方只怕恨不得把自己拆骨剝皮。可是……

可是那兩人竟然如此輕易放過她？

「為什麼?」姚樂雅神色複雜地問道。

逸堡主沒有理會少女的詢問，張雨陽則比較心軟，用著那雙彷彿會說話的眼睛凝視著她，輕聲說道：「這個問題的答案，妳自己好好想一想吧！」

姚樂雅呆看著眼前的青年，對方那眞誠、正直無比的視線，竟讓她覺得格外難受，不由自主地移開視線，不敢與他對望。

姚樂雅作惡時，一向覺得這是理所當然，尤其面對仇家，少女一直認爲這都是他們欠她的。可是現在，她卻初次感覺到了愧疚！

難道，自己眞的錯了嗎?

手，握住昏迷中的王毅的手，姚樂雅無法忽視這個愈來愈清晰的想法。

也許她錯了，他們都錯了！

既然如此，那就像張雨陽所說，她應該靜下來好好想一想。

反正從今以後，他便不再是佟氏的王毅，她也不再須要報仇了，他們有一輩子的時間來尋找這個問題的答案。

而關於另一半神力，無論是姚樂雅還是琉璃，都毫無留戀地放手了。

姚詩雅除了獲得屬於神子的完整神力，還得到伴隨神力而來的承傳，至此總算能夠把神力如臂膀般使用自如。

每一任神子在獲得神力後，神力使用的方法會連同神力刻劃於她的神魂裡。可是之前姚詩雅所獲得的力量只有一半，以至於傳承一直沒有完成，使用神力的方法也只能自行摸索。

姚詩雅本來還覺得自己領悟出來的使用方法，例如結界、淨化，以及療傷等，即使不是很優秀，但應該也算是很不錯了。然而在獲得完整的承傳後，少女才驚覺自己應用神力的方式竟如此粗糙，而且除了這些已知的應用，神力還有許多她想也想像不到的用處。

這次朝廷與武林聯手，成功讓消滅林門與佟氏勢力的影響減至最低。

一般老百姓甚至完全不知道發生了什麼事，倒是紫霞仙子回天的消息總算公告天下。上任神子與鬼王私奔一事，自然不會被放上檯面，在朝廷有心隱瞞下，一眾知曉內情的人，也很有默契地將事情爛在肚子裡。

□

「果然你在這裡……這麼多年來你一點兒也沒有變。稍有不如意便坐在這棵樹上喝悶酒，真是十年如一日般幼稚！」宋仁書仰首看著坐在大樹枝椏上的左煒天，正暗暗衡量著自己的臂力……

不知道把鞋子往上丟，能不能把人丟下來呢？

渾身酒氣的左煒天俯視站在地面的青年，挑了挑眉笑道：「有本事你便上來，在地面嘀嘀咕咕的幹什麼？」

宋仁書冷笑：「你別把失戀的壞心情發洩在我身上，不就是被紫霞仙子甩了嗎？反正一開始你便沒有希望，這有什麼好傷心的？」

左煒天被對方氣得太陽穴突突地跳：「你不是應該擔心我，過來開解我這個失戀的人嗎？」

「怎會有這種誤會？你也太自戀了吧？」宋仁書吃驚地瞪大雙目。

左煒天被對方氣笑了：「那你來做什麼？故意看我窩囊的樣子嗎？」

「別把我想得這麼無聊。剛剛林總管找我訴苦，哭著說酒庫失竊了，神子登基大典用來招待賓客的美酒不見了好幾罈。」

「……」

「還有登基大典的護衛工作全都壓在大哥肩上。我看他這幾天憔悴了不少，眼底都看得到青黑色了，卻偏不讓人打擾你。」

「……」

「不過你這個借酒消愁的頹廢模樣也滿有趣的，老實說，這種悲秋傷春的樣子一點兒也不適合你啦！害我忍笑忍得好辛苦……哈哈哈！」說到最後，宋仁書終於忍不住發出幸災樂禍的笑聲。

「喀嚓」，這是左煒天把酒瓶一手捏爆的聲音。

左大將軍一怒，一股令人心悸的威壓立即席捲而來。偏偏從小與他一起長大的宋仁書，卻是世上少數能夠無視這股氣勢的人。

氣勢什麼的，從小已經習慣到麻木了好不好！

左煒天看著地面的俊秀青年依然不怕死地在看自己笑話，罵又罵不過他，打又打不得。

突然心中一動，一身酒氣的左煒天搖搖晃晃地站起來：「我知道啦！我現在回去工作不就行了？」

宋仁書停下嘲笑，露出了疑惑的神情。

這麼乖？

只見左煒天從枝椏一躍而起，卻在躍起瞬間故意狠狠踏了樹枝一下。這一腳力道巧妙，不至於把樹枝踏斷，卻讓樹枝產生最大幅度的搖晃。

宋仁書還未弄清楚發生了什麼事，視線便被一片純白淹沒！

當青年反應過來時，無論頭髮還是衣服皆落滿了雪白的梨花，濃烈的花香讓自小鼻子敏感的宋仁書噴嚏連連。憤怒地環視四周，哪還有左煒天的影子!?

「哈……哈啾！混蛋！你是故意的！」

早已逃離案發現場的左煒天，仍能隱約聽到宋仁書的怒吼。回想起逃跑前的驚鴻一瞥，宋才子與滿身的純白落花竟是出乎意外地合襯。

如此胡鬧過後，左煒天發現心裡的悶氣已消散不少，比躲起來悶聲喝酒更加有效，也難怪紫霞仙子總是以作弄宋仁書爲樂了。

想起那位嫵媚又高貴的絕代佳人，左煒天仍覺得心中隱隱作痛。然而想到這是紫霞仙子所選擇的幸福，也許自己也應該嘗試放下這根本沒有結果的感情，眞心祝福她吧？

□

此刻讓左煒天心心念念的紫霞仙子，正哭笑不得地看著眼前一雙少年男女。

「琉璃，我不是說過妳不許洩露我的行蹤嘛！現在倒好，妳連人都帶來了。」紫雨煙似笑非笑地看了看自家徒弟，再把視線投至琉璃身旁的白銀身上。

此刻白銀完全收起平常那副吊兒郎當的神情，充分表現出出身於武林世家的良好教養，以及作爲白家莊少主應有的氣度與風采。

面對紫雨煙的注視，少年回以得體的微笑，卻沒有發話。在二人前往鬼之國前，琉璃已向白銀交代過紫雨煙最喜歡把後輩耍著玩，要求白銀什麼也別多說，把事情交給她就好。

白銀也很好奇這對師徒的互動，到底琉璃與紫雨煙是怎樣交鋒的，也就欣然應允下來。

這算不算是小琉璃想要在師父的魔爪下保護自己？想想還眞有點小激動呢！穩重的外表下，白銀正自戀地暗暗雀躍著。

面對紫雨煙的揶揄，琉璃無辜地眨動一雙琥珀色大眼睛：「可是我想要嫁給他啊！難道師父不希望在我出嫁前看看小白嗎？」

這句直白的話語極具殺傷力，不單讓紫雨煙，以及她身旁的鬼王愣了愣，就連白銀那得體的微笑也瞬間出現了一絲裂痕。

紫雨煙低聲斥喝：「琉璃！妳一個姑娘家在說什麼呢？也不知道害羞！這種私訂終身的話誰教妳的？」說罷，還拿一雙鳳眼往白銀身上狠瞪過去。

白銀心裡一百個委屈啊！根本不關他的事好不好！

「師父妳別凶他啦！我是跟艾姊學的。」琉璃說得理所當然。

「好的不學，偏偏把不好的都學足了！」想到洛艾的強悍，紫雨煙沉默半秒，隨即繼續表達出她的不滿。

琉璃小聲反駁：「可是我總不能學師父、師伯你們一樣，什麼都不說便與小白私奔吧？」

紫雨煙怒了：「妳敢!?」

琉璃立即低眉順眼、語氣活像個委屈的小媳婦般說道：「所以我不是把他帶來讓你們過目了嗎？」

好吧！事情又回到了原點。

「師父，妳別生氣啦！我喜歡小白，我想要嫁給他，便帶他來給妳看看了。」

看到琉璃毫不害羞地表達出對自己的喜歡，白銀再也顧不得裝深沉，嘴巴都笑得咧開了。一直以來都是自己很努力地追求著對方，雖然明知道小琉璃也喜歡自己，但現在聽到少女把他帶到長輩面前說著喜歡，實在讓白銀渾身毛孔都張開了般舒爽啊！

看著紫雨煙被上前抓住自己衣袖猛搖的徒弟弄得一個頭兩個大，鬼王一點兒都沒有爲她解圍的意思，反而大笑著拍了拍白銀的肩膀：「難得看到小丫頭那麼護著一個人。趁著本王高興，小子，來與我喝兩杯吧！讓本王看看你到底有沒有資格娶走我家丫頭！」

白銀被鬼王帶走後，紫雨煙伸手敲了敲琉璃的額頭：「好啦！別搖了，師父一把年紀可受不得折騰，妳都快把我這副老骨頭搖得散架啦！」

琉璃笑著停下搖晃，卻沒有把手收回，依舊親暱地挽住紫雨煙的手臂：「師父一點兒也不老呢！這世上再也找不到比師父更美的人了！」

「口甜舌滑！想不到當年撿回來的小丫頭，這麼快已到了談婚論嫁的年紀，我想不認老也不行啦！」說到這裡，紫雨煙不禁想起當年那個滿腦子仇恨、毫無生氣的小女娃，幽幽地嘆息道：「丫頭，對於妳做出的選擇，我很高興也很欣慰，師父我以妳爲榮。」

是她爲琉璃重塑肉體，讓她獲得新生。這孩子內心的掙扎與成長，紫雨煙一直看在眼裡，也明白琉璃要放下一切有多麼不容易。

琉璃笑道：「其實善良的人是詩雅姊姊。正因爲她小時候善待我、讓我喜歡又仰慕，我才會爲了保護她而跳出仇恨的泥沼。希望……希望另一個我也早日想通便好。」

紫雨煙疼惜地摸摸琉璃的頭，隨即詢問：「丫頭，妳決定是『他』了嗎？」

雖然對方沒有明說，但琉璃一聽便知道話裡的「他」指的是誰。

少女肯定地點點頭：「我想，我再也找不到比小白更適合我的人了。」

「本來我還想多留妳一段日子，算啦！女大不中留。說起來，讓他就這樣跟妳師伯走，妳就不心痛嗎？那傢伙可是鬼之國中出名的酒鬼喔！」

琉璃吃吃笑道：「不是說喝酒是男人聯絡感情的最佳方法嗎？既然小白想要成爲我的夫君，那師伯這一關他是跑不掉的啦！頂多我先替他預備醒酒湯吧！」

紫雨煙好奇地詢問：「妳說白銀喝多少才會趴下呢？」

「這個嘛……」

尾聲

新任神子的登基大典，是花月國一等一的大事。

這天姚詩雅難得捨棄了淡雅的衣著，穿著一身華麗而隆重的衣服。在衣物的襯托下，少女少了一份柔弱清雅，多了一份明艷照人。在晨曦金色的曙光中，更是顯得渾身散發著金光般，貴不可言。

儀式將會持續一整天，身爲主角的姚詩雅從清晨便已忙著進行一系列儀式。要不是獲得了完整的承傳，少女的肉體已被神力改造成半仙體質，只怕未到中午已累得動彈不得了。

儀式過後，便是新任神子與民眾見面、並爲眾人降下祝福之時。此時神子的封號也會隨之公告天下，從此以後這稱號便會像她另一個名字般，伴隨她的後半生。

在這普天同慶的大日子，王城已舉辦了持續十天的大型慶典。熱鬧的人群中，兩道身影正隨著人潮前進。

這一男一女，男的是名長相俊美，卻雙目緊閉的男子，手持一根木製導盲杖緩步走在前面。男子雖然雙目殘缺，卻不減一身高貴的氣度，因失明而變得略微緩慢的步伐，反顯得他有種從容不迫的瀟灑。

男子如此奪目的風采與容貌，讓一些路過時不由自主暗暗打量他的姑娘們惋惜不已。要是這位男子雙目健全，張開雙眼的他到底是怎樣俊美的容顏呢？

尾隨在他身後的是名年輕的黃衣姑娘。這姑娘看起來斯斯文文的，像個三步不出閨門的千金小姐，一雙琥珀色眼睛眨也不眨地凝視著男子的背影，彷彿這雙眸子除了身前男子外，再也容不下別人。偏偏她卻與男子保持著不遠不近的距離，彷如陌路。

二人與旁人最大的差別，便是他們的臉上沒有絲毫笑容。相較於興高采烈地參加慶典的人們，他們如同身處於另一個冰冷漠然的世界，完全沒有符合現下景況的心情與喜悅。

這二人，正是失去了一切、孑然一身的王毅與姚樂雅。

王毅緩步於人群中。雖然他失去了視力與內力，但對於從小習武、五感比一般人敏銳的他來說，失去視力雖然帶來了諸多不便，但對於日常生活卻沒有太大影響。

也許相較於身體的殘缺，心裡的創傷讓他更加無法釋懷。誰能夠接受堅守了大半生的信念，其實只是個虛假的謊言？直至眞相大白的時候，王毅這才察覺自己的人生到底有多可笑。

其實雙目失明也沒什麼，反正對王毅來說，他的人生早已註定沒有了光明與色彩。既然如此，看得見與否又有什麼關係呢？

在王毅因為功法的反噬而受到內傷、臥床不起的時候，姚樂雅一直不眠不休地照料著他。要說王毅不感動是假的。可是只要一想到對方早已知道自己的身世，卻任由他以佟氏遺孤的身分壞事做盡、作著不可能的復國夢，王毅卻是怎樣都無法原諒對方。

姚樂雅的瞞騙，也許一輩子都會是他心中的一根刺。每次他對姚樂雅心軟時，這根尖刺便會提醒著他被對方耍得團團轉的屈辱！

姚樂雅也察覺到王毅對自己的怨懟，當他的內傷康復得能夠照料自己後，少女在對方趕走自己以前，便識相地離開了，卻總是三不五時地出現在王毅身後不遠不近的位置，彷彿成了他的影子。

雙目失明的王毅既無法甩掉她，罵她又不走，便只得鬱悶地任由她跟在身後。

渾渾噩噩地過了一段時間，王毅突然心血來潮出來走走，竟正好遇上姚詩雅的登基大典。

路人的歡笑聲與讚美神子的聲音，彷彿諷刺著他的可悲可笑。

突然，一直如影隨形、尾隨著自己的腳步聲，靜止了。

雖然看不見，雖然不願理會姚樂雅，但王毅卻知道少女一直尾隨在他不遠處。可是現在姚樂雅卻忽然停住腳步，竟是不再追隨自己了，王毅不禁感到一陣心慌，也隨之停下了前進的步伐。

隨即，王毅便聽到身後的姚樂雅低聲呢喃：「眞是……不可思議……」

少女說話的聲音很輕，加上王城正舉行著熱鬧的慶典，要不是王毅一直凝神細聽姚樂雅的動靜，也許會錯過這句輕聲的感慨。

雖然姚樂雅這句沒頭沒尾的話只是突有感觸，並不是想向王毅表達什麼，偏偏他卻是聽得明白。

耳邊傳來眾多熱鬧的聲響，有孩子的玩鬧聲、路人的歡笑聲、雜耍藝人的吆喝聲、圍觀民眾的拍掌聲，還有風聲、笑聲、鳥兒拍動翅膀的聲響、垂柳拍打河面的聲音……即使雙目失明，但他腦海中忽然描繪出四周歌舞昇平的景色。

王毅突然覺得他那漆黑的世界竟然變得鮮活起來，因爲那些……曾經被他視之爲螻蟻的平凡人！

他不是第一次混於人群裡，卻是首次心裡沒有懷著萬千仇恨與計算，漫無目的地遊走於群眾之中。

這才驚覺，原來這個世界竟是如此美麗，如此生氣盎然！

還眞是……不可思議……

自己一直以來的執著是如此渺小，王毅只覺得豁然開朗，再思及姚樂雅過往的瞞騙，忽然覺得不是太難接受了。

畢竟不管對方如何欺騙他，目的都是爲了保護自己。要是錯過姚樂雅，也許在這個世界上再也找不到會無條件對他好、包容他一切的人了。

王毅不知道自己對姚樂雅的感情算不算喜歡，可是他願意允許這個人陪在身邊。而她，也爲他留了下來。

何其幸運。

沉默片刻，王毅淡聲問道：「還不走？呆站在這裡做什麼？」隨後男子邁開步伐，再也不理會身後的姚樂雅。

想不到一直對她不理不睬的王毅會忽然對自己說話，姚樂雅頓時露出受寵若驚的神情，立即尾隨著王毅，後來咬了咬牙，更加快步伐與男子並肩而行。

看到王毅竟然破天荒沒有趕走自己，姚樂雅猶豫片刻，終於鼓起勇氣伸手扶著男子握著導盲杖的手臂。

姚樂雅忐忑不安的神色，終於在王毅沒有把她的手甩開後，換成了一臉明媚的笑容。

此刻，姚樂雅的眼中只有身邊的王毅，完全沒有察覺到在一個不起眼的角落，一雙明亮的琥珀色眸子正把二人的互動全都看進去。

直至二人走遠，躲在暗處的白銀這才牽著琉璃的手從角落步出，朝一臉如釋重負的少女笑道：「如此一來，小琉璃妳也可以安心了。」

琉璃笑著頷首：「嗯！雖然我們早已是兩個不同的個體，但我還是希望她能夠活得開懷。」說罷，少女拉著白銀擠進前往碧華殿的人潮：「快到詩雅姊姊出場的時間了，我們也走吧！」

「我們不用趕過去啦！只要妳願意，任何時候與神子見面都可以。」

「可是我很好奇詩雅姊姊的封號啊！」

白銀露出無奈又寵溺的神色，任由琉璃拉著自己擠進人群裡。

二人使出輕功，在擁擠的人群中如同兩條滑不溜丟的游魚般快速前進，輕輕鬆鬆地便來到人潮的最前面。

此時，新任的神子姚詩雅，正在眾人期盼、仰慕的目光中娉婷而至。

「天呀！詩雅姊姊真美！」琉璃仰首看著一身盛裝的姚詩雅，一雙大大的眼眸閃亮閃亮。

「嗯，很美。」白銀附和著，可是雙目並沒有看向進行著儀式的姚詩雅，而是一眨也不眨地凝望著身旁神采飛揚的琉璃。

此時一道刺目的光柱從地面直射天空，伴隨著光芒的出現，還有動聽的仙樂，以及陣陣清雅的花香！

光芒逐漸凝聚成幾個懸浮在空中的金色大字，正是新任神子的稱號。

看到這幾個字，白銀訝異地睜大雙目，隨即笑道：「還真像她會做的事情。」

琉璃的耳邊彷彿再次響起姚詩雅曾經很認真地說過，希望能夠與她一起分享榮耀的話語。

感到心頭暖暖的，琉璃點頭笑道：「嗯，詩雅姊姊一旦下定決心做什麼事情，總會將信念貫徹到底，絕不半途而廢。她這種認眞的性格，以後有得讓宋公子他們頭痛呢！」

空中燦爛的金色字體閃爍著凝聚不散，溫暖、卻又明亮耀眼的光芒──琉璃仙子！

《琉璃仙子》全書完

後記

大家好！在寫這篇後記的時候，正值12月25日的聖誕佳節，先與各位說一聲Merry Christmas & Happy New Year!

今年的冬天意外地不是很冷，今天中午氣溫更高達19度！外出時，我還熱得要把外套脫下來呢！

雖然不算很冷，但卻無礙街道與商店充斥著的聖誕氣氛。

對於沒有宗教信仰的我來說，喜歡聖誕節的主要原因在於有假期，有聖誕party，有美美的燈飾看，還有能夠收到漂亮的聖誕禮物！

不過無論是看燈飾還是吃大餐，我很少會選擇12月24或25日這些日子。一是這兩天街道上的人真的太多了，拍照的話，只能拍到一大片人潮當背景；二來聖誕節吃大餐都特別貴耶！

今天正好聖誕節沒有活動，便留在家裡打後記了。

各位在聖誕節這個普天同慶的大日子，又有什麼活動呢？

不知不覺全四冊的《琉璃仙子》已到達尾聲，這套小說算是我出版成實體書的小說中最短的集數了。

雖然故事不算很長，但裡面有著多對情侶組喔！認為《懶散勇者物語》的愛情篇幅太少的朋友們，這本《琉璃仙子》應該能夠滿足大家的期待了吧XD

《琉璃仙子》是我寫的第一本東方風的古裝小說，對我來說，是一個滿有挑戰的新嘗試。很高興能夠為這個故事畫上完滿的句號，也謝謝大家對這本小說的支持與喜愛！

故事中兩名候任神子都佔了很重的戲分。琉璃開朗活潑，姚詩雅溫婉嬌柔，她們都是我很喜愛的角色。

也許一開始琉璃的出場比較亮眼，但接下來寫姚詩雅的成長，卻是很開心的事情，希望大家也會喜歡這兩位女主角。

在這一集，琉璃的身世終於大公開了。大家有沒有很意外？又或者其實是意料之內呢XD

雖然這本小說的主線圍繞著復仇，但重點卻在於「寬恕」。

無論是琉璃、姚樂雅、王毅、張雨陽、逸堡主……他們都是被仇恨所困擾的人，也許中途有過迷茫，也許他們曾因爲仇恨而做過一些不可原諒的事情，可最後他們都不約而同地選擇了寬恕。

琉璃曾經告訴白銀，「放下」便是快樂。道理是顯淺易懂的，可是又有多少人做得到呢？

慶幸小說中的角色最後做出了善良的選擇，不然這個故事的結局只怕便要改寫了。

《琉璃仙子》完結後，下一本小說已決定會以靈異故事爲主題，同時亦會以男生作故事的主角。這兩點對我來說也是新嘗試，希望能給予大家新鮮亮眼的感覺。

雖說是靈異故事，但文風並不會因此而變得嚴肅，還是會一如以往般，以輕鬆爲主。

至於故事會不會很恐怖？我個人覺得驚嚇度只屬中等。

雖然番茄醬與鬼魂絕對少不了，但情節應該不算很恐怖……吧？

所以有點害怕卻又有興趣的朋友們，不用怕，儘管買來看吧！（賣廣告）

大家看到這篇後記時，應該已經快到新年了。

先預祝各位新年快樂！祝大家心想事成！年年有餘！身體健康！大吉大利！

也請大家在新的一年繼續支持喔！

香草

國家圖書館出版品預行編目資料

琉璃仙子 / 香草 著.——初版.——台北市：
魔豆文化出版：蓋亞文化發行，2015.02
冊； 公分.
ISBN 978-986-5987-60-2（卷4：平裝）

850.3857 103010780

fresh FS079

琉璃仙子 04 完

作者 / 香草
插畫 / 天藍 封面設計 / 克里斯
出版社 / 魔豆文化有限公司
地址◎ 台北市103赤峰街41巷7號1樓
電話◎（02）25585438 傳真◎（02）25585439
部落格◎ gaeabooks.pixnet.net/blog
臉書◎ www.facebook.com/Gaeabooks
電子信箱◎ gaea@gaeabooks.com.tw
投稿信箱◎ editor@gaeabooks.com.tw
郵撥帳號◎ 19769541 戶名：蓋亞文化有限公司
發行 / 蓋亞文化有限公司
法律顧問 / 義正國際法律事務所
總經銷 / 聯合發行股份有限公司
地址◎ 新北市新店區寶橋路二三五巷六弄六號二樓
電話◎（02）29178022 傳真◎（02）29156275
港澳地區 / 一代匯集
地址◎ 九龍旺角塘尾道64號龍駒企業大廈10樓B&D室
電話◎（852）2783-8102 傳真◎（852）2396-0050
初版一刷 / 2015年2月
定價 / 新台幣 180 元
Printed in Taiwan

ISBN / 978-986-5987-60-2

魔豆

魔豆